超有戲！
kuma桑教你
7天開口說
道地日語

最懂台灣人盲點的日語老師
池畑裕介／著

CONTENTS

基礎篇：
從此不再為 50 音一個頭兩個大

對台灣人來說，或許是因為日語有許多漢字、感覺親近，或許是因為喜愛日本漫畫、動畫或偶像；加上觀光免簽後，到日本體驗文化、旅遊更方便了，所以想學日語的人也越來越多。

但是 kuma 桑發現，剛開始接觸日語的人，卻常常在 50 音這個階段就放棄了，實在非常可惜，畢竟 50 音是進入浩瀚日語世界的大門，也是奠定日語假名及發音的重要基礎。

其實，50 音真的沒有大家想像中那麼困難，因為 50 音的字型是從漢字簡化而來的（可參見 P.050〈小知識：萬葉假名〉），所以只要搭配中文字，就可以幫助你快速記憶。說到發音，台灣人更具有某種程度上的學習優勢。為什麼這麼說呢？因為台灣有不少日常用語（特別是台語），是借用日語而來的。

只要會說台語就免驚 ?!

台語稱呼年紀稍長的男性為「歐吉桑」（おじさん，ojisan），稱呼女性為「歐巴桑」（おばさん，obasan），稱學長為「賢拜」（せんぱい，senpai），或是罵人腦袋僵硬不知變通的「阿達罵控固力」（あたまコンクリート，atama konkuri-to，日語的頭＋混凝土，是台製和語）……還有生活上常用的的「尬蘇」（ガス，gasu）、「捏枯代」（ネクタイ，nekutai）、「賴打」（ライター，raita-），表示心情的「奇檬子」（気持ち，kimochi），甚至各種食物，像是：黑輪（おでん，oden）、甜不辣（てんぷら，tenpura）、哇沙米（山

葵，ワサビ，wasabi）、壽司（すし，sushi）、便當（弁当，bentou）……等，
都是從日語發音而來。

所以說囉，學日語對台灣人來說，根本沒有那麼困難。下面就讓我們用你最熟
悉的中文字型跟常用單字，一起進入日語50音的世界吧！

學前小提醒：

＊學習50音時，建議先聽一遍CD的正確發音，再跟
著CD複誦一遍，之後再邊唸邊寫，重複幾次就可快
速記憶！

＊日語是「音拍語言」，每個音拍的長度幾乎等距，所
以練習單字的時候，請跟著圖上的拍手標示，邊拍手
邊唸出正確的音節拍子。

＊練習單字的時候要注意「重音」，例如台灣人常把蘋
果（りんご）唸成「令狗」，但其實發音應該是「玲
勾」。又常常我們會把壽司（すし）唸作「蘇喜」，
但其實應該是「俗西」。

 0-1

所謂的50音，一般指的是平假名（平仮名），但是實際上只有44個（見下表）。橫排稱為「行」，縱排稱為「段」，例如：「あ行」「い段」。

	あ段	い段	う段	え段	お段
あ行	あ	い	う	え	お
か行	か	き	く	け	こ
さ行	さ	し	す	せ	そ
た行	た	ち	つ	て	と
な行	な	に	ぬ	ね	の
は行	は	ひ	ふ	へ	ほ
ま行	ま	み	む	め	も
や行	や		ゆ		よ
ら行	ら	り	る	れ	ろ
わ行	わ		を		ん

※「を」僅用於助詞；「ん」屬於鼻音而非清音，因此不列入上表。

後面我們會依照あ行、か行的順序，以表格方式標記發音、字型演變、書寫筆順及單字。建議大家至少先記住「あ段（あかさたなはまやらわ）」，這樣對於記清音較有幫助，而且將來學動詞變化時也可運用得到。

平假名

あ行	單字	
a 安々あ あ	🙌🙌	あらし（嵐）暴風雨 あか（赤）紅 あなた（貴方）您 あまい（甘い）甜的 あさ（朝）早上 あたらしい（新しい）新的
	あい 愛 愛	
i 以ぃい い	🙌🙌	い（胃）胃 いい　好 いきもの（生き物）生物 いたい（痛い）痛 いだい（偉大）偉大 いちばん（一番）第一 いっしょ（一緒）一起 いま（今）現在 いもうと（妹）妹妹
	いう 言う 說	

あ行	單字	
u 宇ぅう う	うえ 上 上面	うた（歌）歌 うま（馬）馬 うまい（旨い）好吃的 うみ（海）海 うるさい（煩い）惱人的 うれしい（嬉しい）高興的 うつくしい（美しい）美麗的
e 宇衤え え	いえ 家 家	えん（円）日圓 えいが（映画）電影 えがお（笑顔）笑臉 えき（駅）車站 えび（海老）蝦
o 於おお お	あおい 青い 藍色	おみやげ（お土産）伴手禮 おおさか（大阪）大阪 おもしろい（面白い）有趣的 おしゃれ（御洒落）流行、時髦 おいしい（美味しい）好吃的 おかねもち（お金持ち）有錢人 おでん　關東煮 おにぎり（御握り）飯糰

か行	單字	
ka 加 か か ①② **か**③	かお 顔 臉	かわいい（可愛い）可愛的 かっこういい（格好いい）帥氣的 かんぱい（乾杯）乾杯 かに（蟹）螃蟹 かき（柿）柿子 かぎ（鍵）鑰匙 かさ（傘）傘 かぜ（風）風
ki 機 き き ③ ① ② **き**	あき 秋 秋天	きれい（綺麗）漂亮的 きもち（気持ち）心情 きいろ（黄色）黄色 きかい（機会）機會 きっぷ（切符）票 ※請參考促音章節
ku 久 く く ① **く**	きく 菊 菊花	くろ（黒）黑色 くうき（空気）空氣 くさい（臭い）臭的 くま（熊）熊 くも（雲）雲 くやしい（悔しい）懊悔的

か行		單字
ke 計けけ け	いけ 池 池塘	けいさつ（警察）警察 けいじ（刑事）刑警 けっこう（結構）很好、不用 けっこん（結婚）結婚
ko 己ここ こ	こい 恋 戀情	こころ（心）心 こうえん（公園）公園 こうはい（後輩）晚輩、學弟 こえ（声）聲音 こども（子供）小孩 こわい（怖い）可怕 こんぶ（昆布）昆布

あ行的小提醒

基本上，日語和中文不同，不需要張大嘴巴說話。「あいうえお」是日語的母音，除了「ん」之外，母音和其他所有的音都有關係，因此必須牢牢記住。

另，要特別留意是「う」的發音，中文注音的「ㄨ」發音時是嘴巴尖起來的圓唇音，而日語的「う」則是扁唇音。若以中文的「ㄨ」來發日語的「う」，一聽就是外國人在講日語；且「う」是母音，一旦發音不正確便會導致所有「う段」的音都不正確，所以要特別注意。此外，日語的「え」比較接近「ㄝ」的音，和中文的「ㄟ」不同；而「お」比較接近「ㄛ」的音，和中文的「ㄡ」不同，這些也都要特別留意。

至於書寫的部份，或許是受到「女」字的影響，所以常見有人將「あ」寫成 **女**，正確寫法應該是將右側拉長延伸到下方。另「う」常寫成 **ラ**（上面那一橫很水平），正確寫法是將上面那一橫稍微放斜。「お」要注意右側的線不要拉太長，不要寫成 **お**（右側的線拉很長）。

さ行	單字
sa 左ささ ❷ ❶ **さ**	さけ 酒 清酒	さかな（魚）魚 さいきん（最近）最近 さいこう（最高）至高無上 さけ（鮭）鮭魚 さしみ（刺身）生魚片 さむらい（侍）武士 さんぽ（散歩）散步
shi 之しし ❶ **し**	うし 牛 牛	しあわせ（幸せ）幸福 しろ（白）白色 しお（塩）鹽 しか（鹿）鹿 しま（島）島 しゃしん（写真）照片 しゃちょう（社長）社長 しゅみ（趣味）興趣 しょうかい（紹介）介紹 しょうせつ（小説）小説 ※6-10 請參考拗音章節
su 寸すす ❶　❷ **す**	すし 寿司 壽司	すき（好き）喜好 すごい（凄い）厲害 すべて（全て）全部

さ行	單字
se 世せせ **せ** ① ② ③	せかい 世界 世界
	せいかい（正解）正確的解答 せいかく（性格）性格 せん（千）千 せんせい（先生）老師 せんぱい（先輩）學長
so 曾そそ **そ** ①	うそ 嘘 謊言
	そば 蕎麥麵 そうさ（捜査）搜查 そふ（祖父）祖父 そら（空）天空 そうしょくけ（草食系）草食系

た行	單字	
ta 太 た た た	「たこ 蛸 章魚	たこやき（たこ焼き）章魚燒 たいせつ（大切）重要的 たいふう（台風）颱風 たいへん（大変）嚴重的 たたみ（畳）塌塌米 たのしい（楽しい）快樂的 たまご（玉子）蛋
chi 知 ち ち ち	「けち 小氣	ちいさい（小さい）小的 ちち（父）父親 ちがう（違う）不同 ちゅうもん（注文）訂貨 ちょう（蝶）蝴蝶 ※4-5請參考拗音章節
tsu 川 つ つ つ	「あつい 熱い 熱的	つき（月）月亮 つづく（続く）繼續 つま（妻）妻子 つまらない 無聊 つよい（強い）強烈的 つり（釣り）釣魚

た行	單字
te 天そて **て** ①➜	「て手 手
	てがみ（手紙）信 てんさい（天才）天才 てんぷら（天麩羅）天婦羅、甜不辣 てき（敵）敵人 てんき（天気）天氣
to 止とと **と** ① ②	「そと 外 外面
	とうふ（豆腐）豆腐 とけい（時計）鐘 ともだち（友達）朋友 とら（虎）虎 とんぼ　蜻蜓

さ行、た行的小提醒

在發音部分，「さ行」中的「し」與「す」特別容易出錯。「し」的發音應該是類似「沒關係」的「係（ㄒㄧ）」，而不是英語的「C」，另外前面有提到「う」發音是扁唇音，「す」也同樣地必須注意，不要發成嘴巴尖起來的圓唇音。

書寫的部份，有些人在寫「き」時，由上而下的那條線會寫成直立 キ，要注意正確寫法應該是斜的。而寫「た」時，要注意裡面是一個一個小的「こ」，不要寫成像漢字「太」的 た。寫「て」時，要小心別與「へ」混淆而寫成 て 。

な行		單字
na 奈 奈 な な	① ② ③ 「なに 何 什麼	「ない 沒有 「ながい（長い）長的 「なし（梨）梨子 「なす（茄）茄子 「なつ（夏）夏天 「なまえ（名前）名字 「なみだ（涙）眼淚
ni 仁 に に に	① ② ③ 「にく 肉 肉	「にくしょくけい（肉食系）肉食系 「にいさん（兄さん）哥哥 「におい（匂い）氣味 「にがて（苦手）不擅長 「にもつ（荷物）行李 「にんき（人気）人氣、聲望 「にんじん（人参）胡蘿蔔
nu 奴 奴 ぬ ぬ	① ② 「いぬ 犬 狗	ぬの（布）布 ぬか（糠）米糠 ぬま（沼）沼澤 ぬるい（温い）溫的 ぬりえ（塗り絵）著色畫

な行	單字	
ne 袮祢ね ❷❶ ね	ねこ 猫 貓	「ねえさん（姉さん）姉姉 「ねがい（願い）願望 「ねぎ（葱）蔥 「ねこ（猫）貓 「ねぶそく（寝不足）睡眠不足
no 乃乃の ❶ の	おとこのこ 男の子 男孩	の「り（海苔）海苔 「のみもの（飲み物）飲料 「のど（喉）喉嚨 「のりもの（乗り物）交通工具 「のんびり　悠哉的

な行的小提醒

な行是鼻音，以手輕捏鼻子，就會發現是鼻子震動所發出的聲音。

有些人會將「ぬ」寫成扁扁的，這是不正確的，必須稍微拉長、寫高一點。

は行	單字	
ha 波はは は	はな 花 花	は（葉）葉子 はは（母）媽媽 はい　是 はやい（速い）快的 はじめて（初めて）初次 はいゆう（俳優）男演員 はち（八、蜂）八、蜜蜂 はなよめ（花嫁）新娘 はる（春）春天
hi 比ひひ ひ	ひとつ 一つ 一個	ひとめぼれ（一目惚れ）一見鍾情 ひとり（一人）一個人 ひものおんな（干物女）魚乾女 ひめ（姫）公主 ひとみ（瞳）眼瞳
fu 不ふふ ふ	さいふ 財布 錢包	ふあん（不安）不安定 ふうせん（風船）氣球 ふうふ（夫婦）夫妻 ふぐ　河豚 ふるさと（故郷）故鄉 ふじさん（富士山）富士山 ふゆ（冬）冬天

は行	單字	
he 部ろへ ① へ	おへそ お臍 肚臍	へちま（糸瓜）絲瓜 へび（蛇）蛇 へや（部屋）房間 へんかん（返還）歸還
ho 保ほほ ①②③④ ほ	ほし 星 星星	ほっかいどう（北海道）北海道 ほたる（蛍）螢火蟲 ほん（本）書 ほんとう（本当）真正

は行的小提醒

「は」當主語助詞時，應該念做「wa」。「ふ」並非咬唇音（日語並無咬唇音），因此發音時不需要像英語的「F」一樣咬唇；至於寫法有兩種，上面連著或分開都可以。

ま行		單字
na 末まま **ま**	 あたま 頭 頭	まっちゃ（抹茶）抹茶 まけいぬ（負け犬）敗犬 まぐろ（鮪）鮪魚 まご（孫）孫子 まさか　難道 まる（丸）圓形
ni 美みみ **み**	 ひみつ 秘密 秘密	みそしる（味噌汁）味噌湯 みず（水）水 みどり（緑）綠色 みなみ（南）南方 みみ（耳）耳朵 みらい（未来）未來
nu 武むむ **む**	 さむい 寒い 冷的	むかし（昔）從前 むらさき（紫）紫色 むこ（婿）新郎、女婿 むし（虫）蟲 むじゃき（無邪気）天真 むずかしい（難しい）難的 むすこ（息子）兒子 むすめ（娘）女兒 むり（無理）不合理、不可能 むりょう（無料）免費

ま行	單字
me 女 め て め	🤝🤝 「あめ 雨 雨	め（目）眼睛 めいし（名刺）名片 めずらしい（珍しい）稀奇 めめしい（女々しい）娘娘腔 めいげん（名言）名言
mo 毛 も と も	🤝🤝🤝🤝 「もしもし （招呼）喂	もち（餅）年糕 もちろん 當然 もも（桃）桃子 もっと 更加 もの（物）物品 もり（森）森林 もみじ（紅葉）紅葉

ま行的小提醒

「め」與「あ」一樣，右側沒寫到位就會變成：め，而這是錯誤的寫法，必須避免。

や行	單字
ya 也 や や 	 「やすい 安い 便宜的	やさい（野菜）蔬菜 やさしい（優しい）溫柔體貼的 やま（山）山 やわらかい（柔らかい）柔軟的 やばい 危險的 やめる 放棄
yu 由 ゆ ゆ 	「ゆき 雪 雪	ゆうき（勇気）勇氣 ゆうびん（郵便）郵件 ゆかた（浴衣）浴衣 ゆめ（夢）夢想 ゆいつ（唯一）唯一
yo 与 よ よ 	ひよこ 雛 小雞	よあけ（夜明け）黎明 よい（良い）好的 ようちえん（幼稚園）幼稚園 よむ（読む）閱讀 よめ（嫁）新娘、媳婦

ら行	單字	
ra 良ら ら **ら**	さくら 桜 櫻花	らいねん（来年）明年 らっぱ（喇叭）喇叭 らくだい（落第）沒考上 らいげつ（来月）下個月 らく（楽）輕鬆
ri 利利り **り**	とり 鳥 雞肉	りんご（林檎）蘋果 りこん（離婚）離婚 りす（栗鼠）松鼠 りゅうがく（留学）留學 りょうり（料理）菜餚
ru 留る る **る**	ひるやすみ 昼休み 午休	わかる（分かる）明白 わるい（悪い）不好的

あ行	單字	
re 礼 れ れ れ	れつ 列 列	れい（礼）禮貌 れんこん（蓮根）蓮藕 れきし（歴史）歷史 れんあい（恋愛）戀愛 れいぞうこ（冷蔵庫）冰箱
ro 呂 ろ ろ ろ	おふろ お風呂 浴室	ろく（六）六 ろせん（路線）路線 ろうじん（老人）老人 ろんぶん（論文）論文 ろくおん（録音）錄音

わ行	單字
wa 和和わ **わ**	わたし 私 我 わかい（若い）年輕的 わかもの（若者）年輕人 わに（鰐）鱷魚 わらう（笑う）笑
n 无ええん **ん**	にほん 日本 かんたん（簡単）簡單 あんしん（安心）安心 いんさつ（印刷）印刷 うんどう（運動）運動 えんそく（遠足）遠足
o 遠をを **を**	はなをみる 花を見る 看花 本を読む　讀書 テレビを観る　看電視 ごはんを食べる　吃飯

ら行、わ、ん、を的小提醒

「ら行」要特別注意的是「不要」捲舌（日語無捲舌音），ら行是彈音，發音時將舌尖置於前方位置，以舌尖輕輕彈一下即可。「を」的發音和「お」相同，但打字時「を」必須打「WO」，「を」則僅用於助詞。

「ん」可分為 4 個音，分別是：

1. 在 p b m 之前的**ん**，發**m**音（發音時閉著上下唇），例如：きんぱつ（金髮）；
2. 在 t d n s z 之前的**ん**，發**n**音（發音時舌尖抵住上齒齦內側），例如：あんない（指南）；
3. 在 k g 之前的**ん**，念成 **ŋ**（發音時氣從鼻子呼出）例如：ぶんがく（文學）；
4. 在語尾及母音之前的**ん**念成 **N**（鼻音）。**N**發音時輕輕發出即可，不需要強調**ん**的音，例如：ほん（書）。

由於這 4 個音對日本人來說，感覺都是**ん**，且無助於區別意思，因此以羅馬字書寫時僅保有一種方式。有些人會將**ん**寫得像是英語的 **h**，請注意必須將右側部分拉長到位。

（本來要說あに（哥哥））

 專欄

容易混淆的平假名

平假名有許多字長得很像，例如：**い**和**り**、**あ**和**お**、**ろ**和**る**、**わ**和**れ**、**め**和**ぬ**、**ぬ**和**ね**、**な**和**た**、**は**和**ほ**、**ち**和**さ**、**さ**和**き**，務必要特別留意，畢竟一旦寫錯，意義將完全不同。

片假名

很多人在學日語時，都覺得片假名是個大關卡，但其實片假名字型與中文字型很相似，透過字體演變就可幫助記憶，此外，也可以參考以下兩種方式學習：

1. 多看常使用片假名的日本時尚雜誌、漫畫及電腦相關用語。
2. 在學習平假名的單字時，試著在腦海中練習切換片假名的寫法，反之亦然。
   例如：わたし→ワタシ、グラス→ぐらす。

ア行	單字	
a 阿 ア	アニメ 卡通	ドア　門 アジア　亞洲 アパート　公寓 アルバイト　打工 アイスクリーム　冰淇淋 アイデア　想法 アスピリン　阿斯匹靈 アメリカ　美國
i 伊 イ	イケメン 帥哥	イギリス　英國 バイク　機車 インターネット　網路

ア行	單字	
u 宇 ウ	「キウイ 奇異果	ウイスキー　威士忌 ウエイター　服務生 ウェブサイト　網站
e 江 エ	エレベーター 電梯	エアコン　冷氣 エコノミークラス　經濟艙 エリア　區域
o 於 オ	オートバイ 摩托車	オーバー　超過 オーディション　選拔會 オーエル　粉領族 OL オレンジ　柳橙 オムライス　蛋包飯

カ行		單字
ka 加 **カ**	 **カラオケ** 卡拉 OK	カード 卡片 カーテン 窗簾 カップ 杯子 カメラ 照相機 カレー 咖哩 カタログ 目錄 カップル 情侶 カフェオレ 拿鐵咖啡 ピカピカ 閃閃發光
ki 機 **キ**	 **キロ** 公斤	キープ 保持 キーワード 關鍵字 キーボード 鍵盤
ku 久 **ク**	 **クラス** 班級	クリスマス 聖誕節 クリーム 奶精 クレジットカード 信用卡

あ行	單字	
ke 介 ケ	 「ケーキ 蛋糕	「ケア　保養 「ケータイ　手機 「ケーキ　蛋糕
ko 已 ゴ	 「コンサート 演唱會	「コート　大衣 「コーヒー　咖啡 「コーラ　可樂 「コンビニ　便利商店 「コンピューター　電腦 「コース　課程 「ココア　可可亞

カ行的小提醒

カ行要特別注意的是「ク」「ケ」這兩個字的寫法，不要將「ケ」寫成 7，這樣會被誤認為「ク」，必須確實地將橫線拉長。

サ行		單字
Sa 散 **サ**	 **サラダ** 沙拉	サンダル　涼鞋 サンドイッチ　三明治 サービス　打折扣 サッカー　足球
Si 之 **シ**	 **シャツ** 襯衫	シャワー　淋浴 システム　系統 シングル　單曲
Su 須 **ス**	 **スケジュール** 行程表	スーツ　西裝 スープ　湯 スカート　裙子 スポーツ　運動 バス　公車 スーパー　賣場 スタッフ　工作人員 スポット　景點 パス　跳過 スマートフォン　智慧型手機

サ行	單字
Se 世 セ	セクシー 性感
	セール　特價 セールス　業務 パーセント　百分比 セーター　毛衣
So 曽 ソ	ソロ 獨唱
	ソフトウェア　軟體 ソウル　首爾 ソファー　沙發

タ行	單字
ta 多 タ	タクシー 計程車	タイプ　類型 タバコ　香菸 バター　奶油 タオル　毛巾 データ　數據
chi 千 チ	ランチ 午餐	チーズ　起司 チーズバーガー　起司漢堡 チーム　小組 チケット　票 チャーハン　炒飯 チャレンジ　挑戰 チョコレート　巧克力 ビーチ　海邊
tsu 川 ツ	ツナ 鮪魚	ツアー　旅行 ツイン　雙胞胎 ツーリング　機車旅行

タ行	單字	
te 天 テ	テニス 網球	テスト　考試 パーティー　派對 テープ　錄音帶
to 止 ト	トイレ 廁所	トマト　番茄 トップ　首席、第一 トランク　行李箱 プレゼント　禮物 ペット　寵物 ポスト　郵筒 デート　約會

サ行、タ行的小提醒

「シ」和「ツ」雖然看起來很像，但只要注意落筆方向就能分辨。「シ」的點是由上至下，最下面的撇是由下往上寫，而「ツ」的點是由左至右，撇則是由上往下寫。

「ソ」和「ン」的筆順也不同，「ソ」下面的撇是由上往下，「ン」則是由下往上。

ナ行	單字
na 奈 ナ	「バナナ 香蕉	ナイフ　刀子 ナイト　騎士 パートナー　夥伴
ni 仁 ニ	「ニュース 新聞	ニーズ　需求 ビキニ　比基尼 ニックネーム　綽號
nu 奴 ヌ	「カヌー 獨木舟	ヌード　裸 ヌードル　麵條 アイヌ　愛奴（日本北方原住民）

タ行	單字	
ne 祢 㝒	 「ネクタイ 領帶	ネーム　名字 「ネックレス　項鍊 ネオン　霓虹
no 乃 ノ	 「ノート 筆記本	ノーメーク　沒有化妝 「ノーベル賞　諾貝爾獎 ノースリーブ　無袖

八行		單字
ha 八 パ	ハム 火腿	ハローキティ　凱蒂貓 ハンカチ　手帕 ハンサム　英俊
hi 比 ヒ	ヒーロー 英雄	ヒーター　暖氣 ヒロイン　女主角 タヒチ　大溪地
fu 不 フ	ファン 歌迷、粉絲	フロント　櫃檯 フィルム　底片 ファーストクラス　頭等艙 ファッション　流行 ファッションリーダー　時尚教主

夕行	單字	
he 部 ❶ヘ	 「ヘルメット 頭盔	ヘアスタイル　髪型 ヘブン　天國 ヘルパー　看護
ho 保 ❶❷❸ホ❹	 「ホワイトニング 美白	ホーム　月台 ホテル　飯店 ホームズ　福爾摩斯

マ行		單字
ma 末 マ	ドラマ 連續劇	パーマ　燙頭髮 マイク　麥克風 マシン　機器 マスカラ　睫毛膏 マラソン　馬拉松
mi 三 ミ	ミス 錯誤	ミステリー　推理小説 ミーティング　會議 ミキサー　攪拌機
mu 牟 ム	ルームメート 室友	ムーン　月亮 ムード　氣氛 ムービー　電影

マ行	單字	
me 女 **メ**	**メモ** 筆記	メガネ　眼鏡 メンバー　會員 メニュー　菜單 メロン　哈密瓜
mo 毛 **モ**	**モデル** 模型、模特兒	モンスター　怪物 モンゴル　蒙古 モーニング　早晨

ヤ行	單字	
ya 也 ヤ	 ビリヤード 撞球	ダイヤ　鑽石 ゴーヤ　苦瓜 タイヤ　輪胎
yu 由 ユ	 ユニーク 獨特	ユーモア　幽默感 ユーフォー　幽浮 ユニフォーン　制服
yo 與 ヨ	 トヨタ 豐田	ニューヨーク　紐約 ヨガ　瑜伽 ヨーグルト　優格

ラ行	單字	
ra 良 ラ	ラーメン 拉麵	ガラス　玻璃 バランス　平衡 ブランド　品牌
ri 利 リ	リスト 清單	リーダータイプ　領導者類型 リモコン　遙控器 リラックス　放鬆
ru 流 ル	ホテル 飯店	ルームメート　室友 アイドル　偶像 ビール　啤酒

ラ行	單字		
re 礼	「テレビ 電視	「レンタル 租 「レモン 檸檬 レ「ポート 報告	
ro 呂	「ロボット 機器人	「ロック 搖滾 「ローマ 羅馬 「ロープ 繩子	

ワ行	單字	
wa 和 ワ	ワイン 葡萄酒	ワールド　世界 ワイン　葡萄酒 ワイシャツ　白襯衫
n 尔 ン	パン 麵包	パソコン　電腦 ダンス　舞蹈 ワンマン　一人駕駛
o 乎 ヲ	幾乎不使用	

🐦 專欄

不少片假名長得很相近，例如：**シ**和**ツ**、**ン**和**ソ**、**ク**和**ワ**、**ク**和**ケ**、**メ**和**ナ**、**ル**和**レ**、**フ**和**ヲ**、**ヒ**和**モ**，務必要特別留意，一旦寫錯意義將完全不同。

小知識：
片假名僅用於表示外來語嗎？

很多人都以為片假名是專門用來表示外來語的，但其實不僅僅是，一般來說有以下三個情況會使用片假名：

1. 表示外來語或外國語言：

請注意外來語並非只有英語，也有葡萄牙語、法語、德語、中文等。

例如：

インターネット　Internet（英語，網際網路）

カステラ　pao de Castella（葡萄牙語，海綿蛋糕）

アルバイト　Arbeit（德語，打工）

クレープ　crepe（法語，縐布）

チャーハン　炒飯（中文，也可以直接寫漢字）

2. 表示聲音：

喜歡看日漫的人，應該會發現敲門的聲音、開門的聲音等常常會用片假名來表示。日本有些申請表格會要求填寫姓名的注音（假名），此時也是填寫片假名。另外，流行雜誌也會以片假名寫「カワイイ、キレイ」，這是為了要引人注意那個音，加強讀者的印象。

3. 表示動植物等的日語名：

為引人注意，有時也會將イヌ（狗）、ネコ（貓）等以片假名表示。

有趣的是，片假名不僅用來表示外來語，日本人學習外語時，也用片假名來當音標。下面整理了常用的外來語轉片假名對照表，其中藍字的部分是字母發音音標。理解音標的規則，不僅可幫助你更快記住這些單字，學會這些發音，你更可以說出一口標準的日語喔！

外來語轉片假名的對照表

	a →エー a →（エ）－、ア ai、au →（オ）－	u →ユー u →ア、ユ u(i) →（ウ）－	i →アイ i →イ、（ア）イ ie →（イ）－ ing →（イ）ング	e →イー e →エ e、ea、ee →（イ）－	o →オー o →オ o、oa、or、ow →（オ）－ oo →（ウ）－ oo(語中) →（ウ）ッ ou →（ア）ウ、（ウ）－
b →ビー b →ブ	ba、bu →バ		bi →ビ	be →ベ、ブ	bo →ボ
c →シー c、ck、ch →ク c(語末)、ck →ック (t)ch →ッチ	ca →カ、キャ cha →チャ	cu →カ、キュー	ci →シ cial →シャル ch(i) →チ	ce →セ ce(語末) →ス che →チェ	co →コ cho →チョ
d →ディー、デー 50 歳以上人的發音 d →ド、ッド d(語末) →ッズ ds →ズ	da、du →ダ		di →ディ	de →デ de(語末) →ド	do →ド
f →エフ f →フ	fa →ファ	fu →フ、ファ	fi →フィ	fe →フェ fe(語末) →フ	fo →フォ
g →ジー g →グ g(語末) →ッグ	ga →ガ、ギャ	gu →ガ	gi →ギ、ジ	ge →ジ	go →ゴ
h →エイチ	ha →ハ	hu →ハ、ヒュー	hi →ヒ	he →ヘ	ho →ホ
j →ジェー	ja、ju →ジャ			je →ジェ	jo →ジョ
k →ケー k →ク			ki →キ	ke、cke →ケ ke(語末) →ク	
l →エル l、l(l) →ル	la →ラ	lu →ラ、リュー	li →リ	l(l)e →レ le(語末) →ル	l(l)o →ロ
m →エム m →ム m ＋子音→ン	ma →マ	mu →マ、ミュー	mi →ミ	me →メ me(語末) →ム	mo →モ
n →エヌ n、n ＋子音→ン	na →ナ	nu →ナ、ニュ nu(e) →ニュー	ni →ニ	ne →ネ ne(語末) →ン	(k)no →ノ
p →ピー p →プ p(語末) →ップ ph →フ pp(語中) →～ッ○	pa →パ pha →ファ	pu →パ、プ	pi →ピ	pe →ペ pe(語末) →プ	po →パ、ポ pho →フォ

q →キュー		qu →ク			
r →アール r →ル	ra →ラ ar →（ア）ー	ru →ラ ur →（ア）ー	ri →リ ir →（ア）ー	re →リ er →（ア）ー	ro →ロ or →（ア）ー
s →エス s →ズ s(s)、st →ス sh →シュ、ッシュ ss(語中) →〜ッ○	sa →サ sha →シャ	su →サ、ジュ shu →シャ	si →シ sion →ション、 ジョン	se →セ、 se(語末) →ス、ズ she →シェ	so →ソ sho →ショ
t →ティー、テー 50 歳以上人的發音 t →ト t(語末) →ット t(語末以外) →ツ th →ス ts、tw →ツ tt(語中) →〜ッ○	ta →タ	tu →タ、チュー ture →チャー	ti →ティ tial →シャル tion →ション	te →テ te(語末) →ト	to →ト
v →ブイ	va →バ		vi →ビ	ve →ベ ve(語末) →ブ	vo →ボ
w →ダブリュー			wi →ウィ		ow →（ア）ウ
x →エックス x(語末) →ックス					
y →ワイ y →イ、（ア）イ、 　（イ）ー					
z →ゼット z(z) →ズ				ze(語末) →ズ	

外來語轉片假名小測驗

請參考上面列表，試著將以下外來語，轉成片假名吧！

hotel ☐☐☐ 飯店（ホテル）

dance ☐☐☐ 跳舞（ダンス）

robot ☐☐☐☐ 機器人（ロボット）

solution ☐☐☐一☐☐☐ 解答（ソリューション）

smartphone ☐☐一☐☐☐☐ 智慧型手機（スマートフォン）

小知識：
萬葉假名

古早日本是沒有文字的，直到留學生從中國將漢字帶回後，借用漢字作為「音標」，例如：「a」就用「阿」字標記發音，「te」用「天」表示，才產生了日本文字。由於這些文字在日本最早的詩歌集《萬葉集》中用得很多，又為了區別真的漢字，因此就被稱為「萬葉假名」。

不過這種只借字音、不管字義的方式，容易造成理解上的困難，例如：詩歌（和歌）吟詠：「よのなかは（世の中は）」，若用萬葉假名書寫就會變成「余能奈可波」，音雖可以唸出，卻完全意義不明。

再來，萬葉假名雖然是用漢字表音，但其實選字因人而異，例如：「a」音就有「阿、安、英、足」等不同表記字，「i」音可寫作「伊、以、異、移、己、射」，相當混亂。

於是日本人便將萬葉假名簡化成今日我們使用的「平假名」與「片假名」。

平假名是將萬葉假名以草書方式書寫，改變了漢字整個形體。平假名多用於和歌或信件等，因此取其「平常非正式的假名」之意，稱之為「平假名」。此外，由於主要是宮中女官們書寫使用，所以又被稱為「女手（女性的筆跡）」。日本有位名叫「紀貫之」的男性，就因以女性的第一人稱寫了《土佐日記》，而成為日本最早以平假名寫日記文學聞名的作家。

片假名比平假名更早誕生。片假名當時主要是用於「漢文訓讀」，所謂「漢文訓讀」就是用日語來讀漢文。為了有效利用小空間寫入小字，因此只取漢字的偏旁來書寫。

一般漢文都是用於男性的文化教養，於是相對於出自「女手」的平假名，片假名被稱為「男手」。早期正式文章都是使用片假名來書寫的。

以上，就是平假名與片假名的誕生故事。

🐦 專欄

> **Tips：**由於假名是從漢字簡化而來的，所以用漢字較適當時，仍以漢字表示，而助詞、動詞等活用語尾，則以假名表示，進而形成了現代日語「漢字夾雜假名的句子」。

濁音 & 半濁音 0-2.0-3

平假名

が ga	ざ za	だ da	ば ba	ぱ pa
ぎ gi	じ ji	ぢ ji	び bi	ぴ pi
ぐ gu	ず zu	づ zu	ぶ bu	ぷ pu
げ ge	ぜ ze	で de	べ be	ぺ pe
ご go	ぞ zo	ど do	ぼ bo	ぽ po

片假名

ガ ga	ザ za	ダ da	バ ba	パ pa
ギ gi	ジ ji	ヂ ji	ビ bi	ピ pi
グ gu	ズ zu	ヅ zu	ブ bu	プ pu
ゲ ge	ゼ ze	デ de	ベ be	ペ pe
ゴ go	ゾ zo	ド do	ボ bo	ポ po

＊「ぢ」和「づ」發音與「じ」、「ず」相同，都是「ji」、「zu」，但打字時必須打「di」「du」。

在か行、さ行、た行、は行右上方加兩點，稱為濁音；而在は行右上方加小圓圈，稱為半濁音。

濁音的子音是有聲子音，是振動聲帶所發出的音。將手置於喉嚨處，發「さ」（sa）、「ざ」（za）、「た」（ta）、「だ」（da）等，比較清音和濁音就可以了解發濁音時聲帶震動較大。

> 例如：
> ○ あたま X あだま（頭）
> ○ あなた X あなだ（你）

だ行的音發音部位與「我的」的「的」相同，但發「的」時，喉嚨部位較為狹窄，而發だ行時必須把喉嚨稍微打開一些，讓空氣跑出來。

濁音的練習法

如果無法判斷是不是濁音，那麼在書寫或電腦輸入時就會產生問題，建議可以這樣練習：

1. 使用電腦打字練習：

使用電腦打字時，必須打出正確的假名才會出現正確漢字，例如「あたま」若打成「あだま」就不會出現正確漢字，因此在五十音學習階段可以利用日語輸入法練習發音。

2. 善用差別最小的對偶詞：

只有一個字母不同，意思就完全不同，這稱為「差別最小的對偶詞（minimal pair）」。可將這些單字並列做練習。

> 例如：
>
> たいがく（退学）→ 退學・だいがく（大学）→ 大學
>
> せいと（生徒）→ 國高中學生・せいど（制度）→ 制度
>
> かいこく（開国）→ 開國・がいこく（外国）→ 外國
>
> てんき（天気）→ 天氣・でんき（伝記）→ 傳記
>
> いてん（移転）→ 搬遷・いでん（遺伝）→ 遺傳
>
> また → 再；又・まだ → 還
>
> してん（支店）→ 分店・しでん（市電）→ 市內電車
>
> あける → 開・あげる → 給
>
> バス → 巴士・パス → 及格；過關
>
> ぎんか（銀貨）→ 銀幣・ぎんが（銀河）→ 銀河

平假名

きゃ kya	ぎゃ gya	しゃ sha	じゃ ja	ちゃ cha	にゃ nya	ひゃ hya	びゃ bya	ぴゃ pya	みゃ mya	りゃ rya
きゅ kyu	ぎゅ gyu	しゅ shu	じゅ ju	ちゅ chu	にゅ nyu	ひゅ hyu	びゅ byu	ぴゅ pyu	みゅ myu	りゅ ryu
きょ kyo	ぎょ gyo	しょ sho	じょ jo	ちょ cho	にょ nyo	ひょ hyo	びょ byo	ぴょ pyo	みょ myo	りょ ryo

片假名

キャ kya	ギャ gya	シャ sha	ジャ ja	チャ cha	ニャ nya	ヒャ hya	ビャ bya	ピャ pya	ミャ mya	リャ rya
キュ kyu	ギュ gyu	シュ shu	ジュ ju	チュ chu	ニュ nyu	ヒュ hyu	ビュ byu	ピュ pyu	ミュ myu	チュ ryu
キョ kyo	ギョ gyo	ショ sho	ジョ jo	チョ cho	ニョ nyo	ヒョ hyo	ビョ byo	ピョ pyo	ミョ myo	リョ ryo

拗音是指小的「や ゆ よ（大約是一般字的四分之一大小）」的音，合計33個，只要將小的「や ゆ よ」加在い段的「き し ち に ひ み り ぎ じ び ぴ」後面即可。例如：き＋ゃ＝きゃ／し＋ゃ＝しゃ／ち＋ゃ＝ちゃ／に＋ゃ＝にゃ／ひ＋ゃ＝ひゃ。

要注意的是，拗音雖然有兩個假名，但唸的時候僅算一拍。

 專欄

> **補充：片假名特殊音**
>
> 這是為了因應外國名字或外來語等而創造的新發音，書寫方式就像拗音一樣以四分之一大小的 **アイウエオ** 於一般假名旁邊。
>
> 註：「ウエディング」有時也寫成「ウェディング」。

促 音　 0-5

寫成小的「つ（大約是一般字的四分之一大小）」，是為下一個音做準備，本身不發音，但必須停一拍。促音的發音方法跟台語的「十元」發音方法類似。

小練習　請試著邊拍手邊做以下發音練習：

き ki	て te		来て（來）
き ki	っ t	て te	切手（郵票）
お o	と to		音（響聲）
お o	っ t	と to	夫（丈夫）
じ ji	け Ke	ん n	事件（案件）
じ ji	っ k	け ke	ん n	実験（實驗）

長 音

長音是指「おかあさん」、「ビール」等拉長的音。平假名的長音有下列幾種
情形：

あ段＋あ　おかあさん（母親） ka a	い段＋い　いいです（婉拒時說的謝謝） i i
う段＋う　しゅうにゅう（收入） shu u nyu u	え段＋え　ええ（回答時說的「ええ」） e e
お段＋お　おおきい（大的） o o	
え段＋い　えいが（電影） e i	お段＋う　どうよう（童謠） do u yo u

片假名的長音只要加上「－」即可。唸的時候要記得拉長一拍，不然就會變成
別的意思。

例如：「中午想吃モスバーガー（摩斯漢堡）」，如果不拉長音又發不好濁音，
就會變成「中午想吃モスバカ（摩斯笨蛋）」了。

附帶說明，打字時「－」的按鍵位置是在鍵盤右上方 Backspace 鍵的左邊第
二個。

小練習 請試著邊拍手邊做以下發音練習： 0-6

お	じ	さ	ん		叔父さん（叔叔）
お	じ	い	さ	ん	お祖父さん（爺爺）

か	わ	い	河合（日本人名）
か	わ	い	い	可愛い（可愛）

ビ	ル		Building（大樓）
ビ	―	ル	Beer（啤酒）

しゅ	じ	ん	主人（丈夫）
しゅ	う	じ	ん	囚人（囚犯）

用日本小朋友的方法學日語

很多人都問我，要怎麼做，才能像日本小朋友一樣自然而然學會日語？有沒有什麼特殊的撇步可以分享呢？嗯……這可是個大哉問呢！

首先，你必須要有個合適的「環境」，就像家人平日要是有用台語或客語交談，小孩自然而然就會講是一樣的道理。但這麼說並不表示你就得跑到日本留學或是生活，才能學好日語，而是你必須要為自己製造「聽見、看見日語」的環境。

你可以選擇看日劇、日本動畫，或是聽日本音樂、收看 NHK 台的節目，這些都是培養「日語耳」的好方法。而上日本的網站瀏覽，或是翻翻日語雜誌、日語漫畫、日語繪本等，甚至到日本料理餐館點菜，都是訓練「日語眼」的便利方式。其實，就跟台灣學生學ㄅㄆㄇㄈ一樣，「反覆抄寫跟背誦」是不二法門。當然，如果你有志同道合的朋友可以一起學習，是最理想的。下面舉幾個日本小朋友學習假名跟單字的小遊戲（一個人或多人都可以玩）跟大家分享。

假名配對

1. 請自己製作平假名跟片假名的字牌，蓋牌後充分洗牌。
2. 隨意翻開兩張牌，如果讀音相同就可以抽出；如果不同，就蓋回原來的位置繼續翻下一組。
3. 如果是多人一起玩，最後得牌組最多的人獲勝。

拼字遊戲

1. 將自己製作的假名字牌，攤開後隨意散放。
2. 自己一個人的時候，可以聽本書附的 CD，選出假名排出單字。
3. 如果是多人一起玩，可以由一人負責講單字，其他人比賽拼字。拼出最多字的人獲勝。

聽歌填漢字音

1. 挑選自己喜歡的日本音樂，最好是曲調平緩一點的抒情歌。

2. 抄寫歌詞後，邊聽邊將漢字標上假名讀音。

唱童謠學日語

幸せなら手をたたこう

（如果感到幸福你就拍拍手）

作詞：木村利人　作曲：美國民謠

幸せなら手をたたこう
幸せなら手をたたこう
幸せなら態度でしめそうよ
ほら　みんなで手をたたこう

幸せなら足ならそう
幸なら足ならそう
幸せなら態度でしめそうよ
ほら　みんなで足ならそう

幸せなら肩たたこう
幸せなら肩たたこう
幸なら態度でしめそうよ
ほら　みんなで肩たたこう

幸せならほっぺたたこう
幸せならほっぺたたこう

幸せなら態度でしめそうよ
ほら　みんなでほっぺたたこう

幸せならウインクしよう
幸せならウインクしよう
幸せなら態度でしめそうよ
ほら　みんなでウインクしよう

幸せなら指ならそ
幸せなら指ならそ
幸せなら態度でしめそうよ
ほら　みんなで指ならそ

幸せなら手をたたこう
幸せなら手をたたこう
幸せなら態度でしめそうよ
ほら　みんなで手をたたこう

平假名小測驗

請填入以下色框的字（を不列入下表）

あ	い	う	え	お	か	き	く	け	こ
さ	し	す	せ	そ	た	ち	つ	て	と
な	に	ぬ	ね	の	は	ひ	ふ	へ	ほ
ま	み	む	め	も	や	ゆ	よ	ら	り
る	れ	ろ	わ	ん	が	ぎ	ぐ	げ	ご
ざ	じ	ず	ぜ	ぞ	だ	ぢ	づ	で	ど
ば	び	ぶ	べ	ぼ	ぱ	ぴ	ぷ	ぺ	ぽ
きゃ	きゅ	きょ	ぎゃ	ぎゅ	ぎょ	しゃ	しゅ	しょ	じゃ
じゅ	じょ	ちゃ	ちゅ	ちょ	にゃ	にゅ	にょ	ひゃ	ひゅ
ひょ	びゃ	びゅ	びょ	みゃ	みゅ	みょ	りゃ	りゅ	りょ

あ	い	う	え	お	か	き	く	け	こ
さ	し	す	せ	そ	た	ち	つ	て	と
な	に	ぬ	ね	の	は	ひ	ふ	へ	ほ
ま	み	む	め	も	や	ゆ	よ	ら	り
る	れ	ろ	わ	ん	が	ぎ	ぐ	げ	ご
ざ	じ	ず	ぜ	ぞ	だ	ぢ	づ	で	ど
ば	び	ぶ	べ	ぼ	ぱ	ぴ	ぷ	ぺ	ぽ
きゃ	きゅ	きょ	ぎゃ	ぎゅ	ぎょ	しゃ	しゅ	しょ	じゃ
じゅ	じょ	ちゃ	ちゅ	ちょ	にゃ	にゅ	にょ	ひゃ	ひゅ
ひょ	びゃ	びゅ	びょ	みゃ	みゅ	みょ	りゃ	りゅ	りょ

ア	イ	ウ	エ	オ	カ	キ	ク	ケ	コ
サ	シ	ス	セ	ソ	タ	チ	ツ	テ	ト
ナ	ニ	ヌ	ネ	オ	ハ	ヒ	フ	ヘ	ホ
マ	ミ	ム	メ	モ	ヤ	ユ	ヨ	ラ	リ
ル	レ	ロ	ワ	ン	ガ	ギ	ゴ	ゲ	ゴ
ザ	ジ	ズ	ゼ	ゾ	ダ	ジ	ヅ	デ	ド
バ	ビ	ブ	ベ	ボ	パ	ピ	プ	ペ	ポ
キャ	キュ	キョ	ギャ	ギュ	ギョ	シャ	シュ	ショ	ジャ
ジュ	ジョ	チャ	チュ	チョ	ニャ	ニュ	ニョ	ヒャ	ヒュ
ヒョ	ビャ	ビュ	ビョ	ミャ	ミュ	ミョ	リャ	リュ	リョ

ア	イ	ウ	エ	オ	カ	キ	ク	ケ	コ
サ	シ	ス	セ	ソ	タ	チ	ツ	テ	ト
ナ	ニ	ヌ	ネ	オ	ハ	ヒ	フ	ヘ	ホ
マ	ミ	ム	メ	モ	ヤ	ユ	ヨ	ラ	リ
ル	レ	ロ	ワ	ン	ガ	ギ	ゴ	ゲ	ゴ
ザ	ジ	ズ	ゼ	ゾ	ダ	ジ	ヅ	デ	ド
バ	ビ	ブ	ベ	ボ	パ	ピ	プ	ペ	ポ
キャ	キュ	キョ	ギャ	ギュ	ギョ	シャ	シュ	ショ	ジャ
ジュ	ジョ	チャ	チュ	チョ	ニャ	ニュ	ニョ	ヒャ	ヒュ
ヒョ	ビャ	ビュ	ビョ	ミャ	ミュ	ミョ	リャ	リュ	リョ

日語的四種音調

日語是高低重音，由高音和低音組成，跟中文的聲調或英語的強弱重音不同。
一般以東京標準音為日語的通用語，重音規則如下：

1. 第 1 拍和第 2 拍音的高低不同；
2. 分為「頭高調」、「中高調」、「尾高調」、「平板調」四種。

ね こ　　　　**頭高調**

あ な た　　　**中高調**

い ぬ　　　　**平板調**

わ た し　　　**尾高調**

注意！「尾高調」和「平板調」的差異

「尾高調」重音會影響後續的助詞，讓後續助詞變低音，因此只要在單字後面
加上助詞「が」來發音練習即可。

例如：

は な が さ く

は な の い ろ

> 由於尾高調名詞後接「の」時，有的會變平
> 板調，所以指導音調時要用「が」來說明。

例如：

頭高調 「ねこ 「きれい 「バナナ 「レストラン 〔MP3〕 0-7

中高調 せんせい にほん あなた すごい 〔MP3〕 0-8

平板調 しゃぶしゃぶ さくら がくせい 〔MP3〕 0-9

尾高調 さしみ うた ふくろ ろく おとと 〔MP3〕 0-10

第一課・你是誰？我是誰？這裡是哪裡？

從單字到句子

許多學生問我，為什麼日語學了很久，單字、助詞、動詞變化的規則背了一堆，但就是無法在「需要的時候」說出「完整的一句話」呢？其實要解決這個問題很簡單，你需要的就是：「句型＋情境設定＋角色扮演」。

首先，大家不妨想想自己小時候是怎麼學會母語的。小朋友在初學語言的時候，都是從單字或單詞練習開始，接著爸媽會用完整的句型，加上動作的輔助來教導他正確的說法。例如：小朋友看到遠方的花，會說：「花、紅色」。這時媽媽就會用手，指著遠方的花說：「『那裡』的『花』是『紅色』。」這時小朋友不僅學會利用單詞造句，也學會了「距離（這裡、那裡）」等抽象字詞。而在日本的學校裡，老師上課時也常使用「句型練習」的方式，教導學生如何正確地組合字、詞成為句子。

不過相較於日本，由於上課、生活使用的都是日語，所以上課學會的句型，自然而然地便可在日常生活中使用。而在台灣，因為環境不同，儘管在課堂上學會了句型，卻常常不知該如何使用。所以我建議學生使用「情境設定＋角色扮演」的方式，搭配句型來練習。透過角色扮演，不僅可以練習完整句型，情境設定還可加深對句型的印象，進而達到⋯⋯一遇到該情境時，就可自然而然地說出「正確、完整的一句話」的效果。以下就跟著情境設定跟好用句型，一起來開心學日語吧！

🍄 本課單字

單字（平假名）	單字	詞性	中文翻譯
と		助	～和～
はじめて	初めて	名	首次
あいます	会います	動	見面（辭書形：会う）
こんにちは			你好（白天的問候語）
はじめまして	初めまして		幸會（初次見面的招呼語）
わたし	私 🕊	名	我

🐦 專欄

關於「**我**」，日文還有「**僕**」（ぼく）這個字，但這是男生自稱用的，女生還是用「**私**」（わたし）比較合適。另，代名詞わたし、ぼく加上たち就變成複數的「**我們**」（**私たち**（わたし）、**僕たち**（ぼく））。

此外「**你（或您）**」這個字，若對象是男生時，會用「**貴方**」（あなた）（不過近來已極少在口語使用）；對象是女生或晚輩時，則用「**君**」（きみ）。不過「**君**」字若念成くん，則是對男性同輩或晚輩的稱呼，例如：**山田君**（やまだくん）。

🍄 本課單字

單字（平假名）	單字	詞性	中文翻譯
がくせい	学生	名	學生
どうぞよろしく			請多指教
こちら		名	這位
こうはい	後輩 	名	學弟（妹）

🐦 專欄

相對「**後**」輩來說，學長（姊）就是「**先**」輩。

🍄 本課單字

單字（平假名）	單字	詞性	中文翻譯
～ともうします	～と申します		我的名字是～
おねがいします	お願いします	動	麻煩（您）
も		助	也
こちらこそ			哪裡哪裡
これから		名	從現在起
おせわになります	お世話になります		承蒙你關照了
かいしゃいん	会社員	名	公司職員
しゅふ	主婦	名	家庭主婦
こうむいん	公務員	名	公務員
きょうし	教師 ✍	名	教師

🐦 專欄

老師對他人自我介紹職業時，使用「**教師**（きょうし）」；別人稱呼教師時，則多用「**先生**（せんせい）」。此外，作家、律師、議員等有專門技術的人也可稱呼其為「**先生**」。

單字（平假名）	單字	詞性	中文翻譯
かんごし	看護士	名	護理師
べんごし	弁護士	名	律師
エンジニア	engineer	名	工程師
けいさつ	警察	名	警察
ともだち	友達	名	朋友
かのじょ	彼女 🐦	名	女朋友

🐦 專欄

> 女生的「她」跟女朋友，日文同樣都是「**彼女**」（かのじょ）；男生的「他」是「**彼**」（かれ），男朋友則是「**彼氏**」（かれし）。

單字（平假名）	單字	詞性	中文翻譯
はい		感	是的、沒錯
いいえ		感	不是、不對
けいたい（でんわ）	携帯（電話）	名	手機
なんばん	何番	數	幾號
おなじ	同じ	形	一樣
メール	E-mail	名	電子郵件
ありがとうございました	有難う御座いました		謝謝
ばんごう	番号	名	號碼
でんわばんごう	電話番号	名	電話號碼

ないせん	内線	名	分機
かいしゃ	会社	名	公司
がっこう	学校	名	學校
うち	家	名	家
ゼロ・れい		數	0
いち		數	1
に		數	2
さん		數	3
よん・し		數	4
ご		數	5
ろく		數	6
なな・しち		數	7
はち		數	8
きゅう・く		數	9
じゅう		數	10
ひゃく		數	100
あだな	あだ名	名	綽號

林さん、黄さん、山田さんと初めて会う

林：こんにちは、初めまして。

（私は）林です。学生です。どうぞよろしく。

こちらは後輩の黄さんです。

黄：初めまして。

（私は）黄と申します。どうぞよろしくお願いします。

山田：山田です。私も学生です。

こちらこそ、どうぞよろしくお願いします。

林：これからお世話になります。よろしくお願いします。

黄：よろしくお願いします。

山田：こちらこそ、よろしくお願いします。

請試著將上段對話譯成中文

林、黃、山田初次見面

林：＿＿＿＿＿＿＿＿＿＿＿＿＿＿＿＿＿＿＿＿＿＿＿＿＿

黃：＿＿＿＿＿＿＿＿＿＿＿＿＿＿＿＿＿＿＿＿＿＿＿＿＿

山田：＿＿＿＿＿＿＿＿＿＿＿＿＿＿＿＿＿＿＿＿＿＿＿＿

林：＿＿＿＿＿＿＿＿＿＿＿＿＿＿＿＿＿＿＿＿＿＿＿＿＿

黃：＿＿＿＿＿＿＿＿＿＿＿＿＿＿＿＿＿＿＿＿＿＿＿＿＿

山田：＿＿＿＿＿＿＿＿＿＿＿＿＿＿＿＿＿＿＿＿＿＿＿＿

池畑さん悄悄話

在上面的「會話一」中，有句非常好用、強烈建議常掛在嘴邊的句子，那就是「お願いします」。這句不僅僅是初次見面時，作為「麻煩您了」的客套話，當你真有求於人時，例如請別人幫忙做某事，或是買票、點餐、購物……都可以使用這句「お願いします」（麻煩您了）。

此外要提醒大家，日本與台灣的國情不同，所以初次見面時，最好不要追問太多私人的問題，像是結婚了沒？在哪裡高就？老家在哪裡？家裡有哪些人？會比較好。

想當年我剛到台灣時，就曾被這一連串的問題嚇到喘不過氣來，現在回想起來，還是覺得很恐怖捏！

🦉 超好用句型

❶	（私<ruby>わたし</ruby>は）＿＿＿＿＿です。	我姓 ＿＿＿＿＿（姓氏）。 我是 ＿＿＿＿＿（職業）。
A	請試著在空格內填入以下姓氏，例如：林<ruby>りん</ruby> （私<ruby>わたし</ruby>は）<u>林<ruby>りん</ruby></u> です。 黄<ruby>こう</ruby>　陳<ruby>ちん</ruby>　張<ruby>ちょう</ruby>　林<ruby>りん</ruby>　山田<ruby>やまだ</ruby>　鈴木<ruby>すずき</ruby>　佐藤<ruby>さとう</ruby>　木村<ruby>きむら</ruby>	
B	請試著在空格內填入以下職業，例如：学生<ruby>がくせい</ruby> （私<ruby>わたし</ruby>は）<u>学生<ruby>がくせい</ruby></u> です。 会社員<ruby>かいしゃいん</ruby>　主婦<ruby>しゅふ</ruby>　公務員<ruby>こうむいん</ruby>　教師<ruby>きょうし</ruby>　看護士<ruby>かんごし</ruby>　弁護士<ruby>べんごし</ruby>　エンジニア　警察<ruby>けいさつ</ruby>	

❷	（私<ruby>わたし</ruby>は）＿＿＿＿＿ じゃありませんよ。（ではありません。）	我不是 ＿＿＿＿＿。
A	請試著在空格內填入以下職業，例如：学生<ruby>がくせい</ruby> 私<ruby>わたし</ruby>は <u>学生<ruby>がくせい</ruby></u> じゃありませんよ。 会社員<ruby>かいしゃいん</ruby>　主婦<ruby>しゅふ</ruby>　公務員<ruby>こうむいん</ruby>　教師<ruby>きょうし</ruby>　看護士<ruby>かんごし</ruby>　弁護士<ruby>べんごし</ruby>　エンジニア　警察<ruby>けいさつ</ruby>	

> **池畑さん悄悄話**
>
> 「A は B です。」是很常使用的名詞禮貌句，意思是「A 是 B」。
>
> 基本上，日文句子不需要動詞也能成立，但或許是受中文文法的影響，初次接觸日語的人，常會以為是這個字就是中文的「是」，但其實「は」是主語助詞，且發音是「wa」而不是「ha」。「です」是「斷定助動詞」，在這句子裡作為「是」解釋。
>
> 若要否定名詞，則用「じゃありませんよ」會比較好。雖然一般語言學習書都會教你用「ではありません」，但這其實是較不禮貌的用法。
>
> 此外，有的書也會教你用「じゃありません」，而這與「じゃありませんよ」的語感，大概就像用中文說出：「不是這樣！」（強硬否定）與「不是捏～」（委婉否定）的差別。由於日本是個很講究禮貌的國家，所以最好還是選用溫和、委婉的語氣會比較好。
>
> 順帶一提，用私<ruby>わたし</ruby>は（姓氏）です。句型做自我介紹時，日本人習慣將私省略，因為介紹的是自己，所以直接用（姓氏）です。表示就可以了；此外，私<ruby>わたし</ruby>は（姓氏）と申<ruby>もう</ruby>します，則是更有禮貌的說法。

❸	Q：　ⓐ　は　ⓑ　ですか？ A1：はい、　ⓑ　です。 A2：いいえ　ⓑ　じゃありませんよ。 　　　いいえ、　ⓒ　です。	ⓐ　是　ⓑ　？ 是的，是　ⓑ　。 不是的，不是　ⓑ　。 不是的，是　ⓒ　。
A	請試著在空格內填入以下組合，例如：ⓐ黄さん / ⓑ学生 / ⓒ会社員 Q：黄さんは 学生 ですか？ A1：はい、学生 です。 A2：いいえ、学生 じゃありませんよ。／いいえ、会社員 です。 ⓐ黄さん / ⓑ会社員 / ⓒ教師； ⓐ陳さん / ⓑ主婦 / ⓒ看護士； ⓐ張さん / ⓑ公務員 / ⓒ弁護士； ⓐ山田さん / ⓑ教師 / ⓒエンジニア； ⓐ鈴木さん / ⓑ看護士 / ⓒ学生； ⓐ佐藤さん / ⓑ弁護士 / ⓒ会社員； ⓐ木村さん / ⓑエンジニア / ⓒ警察； ⓐこちら / ⓑ彼女 / ⓒクラスメート	

池畑さん 悄悄話

在日文的句子裡，日本人常會將主詞省略，例如上面例句的黄さん，如果回答時將主詞留下，反而會讓人感覺矯情做作。不過中文句子則多半會將主詞保留，否則很容易搞不清楚說的是誰。

此外，日文與中文在標點符號的使用上也不相同，日文通常僅使用「、」「。」，除了少數綜藝節目效果字幕、廣告文案，或是小說、漫畫為了強調語氣，會使用「！」跟「？」外，通常都以「。」作為句子結尾。所以，如果想知道對方是否在問問題，可以留意句子結尾是否有「か」「の」或是尾音上揚，通常尾音揚起的就是疑問句。

❹	___ⓐ___ も ___ⓑ___ です。	___ⓐ___ 也是 ___ⓑ___ 。
A	請試著在空格內填入以下組合，例如：ⓐ私 / ⓑ学生 私（わたし）も 学生（がくせい） です。 ⓐ黄（こう）さん / ⓑ会社員（かいしゃいん）； ⓐ陳（ちん）さん / ⓑ主婦（しゅふ）； ⓐ林（りん）さん / ⓑ警察（けいさつ）； ⓐ張（ちょう）さん / ⓑ公務員（こうむいん）； ⓐ山田（やまだ）さん / ⓑ教師（きょうし）； ⓐ鈴木（すずき）さん / ⓑ看護士（かんごし）； ⓐ佐藤（さとう）さん / ⓑ弁護士（べんごし）； ⓐこちら / ⓑクラスメート；	

池畑さん
悄悄話

「も」是助詞，在這裡作為「也」的意思。
若是連續的一句話，例如：「私（わたし）は学生（がくせい）です。黄（こう）さんも学生（がくせい）です。」通常會將（重複的名詞）省略，直接說：「黄（こう）さんもです。」若是單純回應對方的話，有時候也會用較口語的「同（おな）じです」表示。

🍓 會話二 📀 1-2

やまだ：黄さんの携帯は何番ですか。

黄：0811-367-567 です。Line と同じです。山田さんは？

讀音：ゼロ はち いち いち の さん ろく なな の ご ろく なな

やまだ：0828-478-901 です。メールは？

讀音：ゼロ はち に はち の よん なな はち の きゅう ゼロ いち

黄：ええと、huang0123@jmail.com です。

讀音：エイチ ユー エー エヌ ジー ゼロ いち に さん アットマーク ジェー エム エー アイ エル ドット シー オー エム

やまだ：huang0123@jmail.com ですね。ありがとうございました。

黄：いいえ。

請將上段對話譯成中文

山田：_____

黃：_____

山田：_____

黃：_____

山田：_____

黃：_____

池畑さん
悄悄話

就像英文有「oh」「well」，中文有「嗯……」「這個嘛……」等，作為思考時間緩衝的感嘆詞一樣，日文也有許多這類的感嘆詞，例如常聽到的：ええと、ううん、あのね（あのですね的口語）、そうね（そうですね的口語）。建議在回答問題前，加上這些感嘆詞，這會讓彼此對話的氣氛更輕鬆、融洽唷！

🦉 超好用句型

❺	ⓐ の ⓑ は ⓒ です。	ⓐ 的 ⓑ 是 ⓒ 。

A	請試著在空格內填入以下組合，例如：ⓐ携帯 / ⓑ番号 / ⓒ 0911-367-567 ⓐ携帯の番号は <u>0911-367-567</u> です。 ⓐ家 / ⓑ電話番号 / ⓒ 02-3568-9914； ⓐ会社 / ⓑ内線 / ⓒ 3134； ⓐ学校 / ⓑ内線 / ⓒ 107； ⓐ私 / ⓑメール / ⓒ lin0123@gmail.com；

> **池畑さん 悄悄話**

在日文裡，電話號碼的數字有特定的讀法，例如：「0」要讀作「ゼロ」（若是房間號碼則讀作「まる」）；「4」要讀作「よん」；「7」要讀作「なな」；「9」要讀作「きゅう」。至於電話中的「-」讀作「の」，也可省略不發音，但稍微停頓一下，才容易讓對方聽懂。

此外，有些特殊電話的讀法也不同，例如：火警或叫救護車的 119（ひゃくじゅうきゅうばん）、報警的 110（ひゃくとおばん）、查號的 104（いちれいよん）等。

另，E-mail 中常出現的「@」讀作「アットマーク」；「.」讀作「ドット」；「_」讀作「アンダーバー」；「-」讀作「ハイフン」。

🍎 自我小測驗

<h2>一、請寫出下列句子中的正確助詞</h2>

例如：王さん（ は ）学生です。

1. 鈴木さん（　　）会社員です。

2. 私（　　）山田です。

3. 王さんは学生です。李さん（　　）学生です。

4. 私（　　）電話番号は 0928-478-901 です。

5. A：李さんはクラスメートです（　　）。B：はい、クラスメートです。

<h2>二、聽 CD 選出正確的答案　MP3 1-3</h2>

例如：王さんは（ 弁護士 ）です。

1. 劉さんは（　　）です。　　　　　　　　ⓐ 銀行員

2. 李さんは（　　）です。　　　　　　　　ⓑ 先生

3. 黄さんは（　　）です。　　　　　　　　ⓒ 医者

4. 鈴木さんは（　　）です。　　　　　　　ⓓ 会社員

5. 佐藤さんは（　　）です。　　　　　　　ⓔ 学生

<h2>三、聽 CD 寫出正確的數字或電子郵件　MP3 1-4</h2>

例如：0928-478-901

1.

2.

3.

4.

5.

 # 下課時間

不知道大家在看日劇時，是否曾發現日本人對於「稱呼」這件事情非常重視，這是因為日本社會非常重視人與人之間的距離感及彼此的上下階層關係。

日本人跟台灣人不同，很少直呼對方的名字，除非是家人或彼此關係非常親密。所以，若公司裡有多位同姓的人，通常會冠上「事業單位」或「職稱」、或者稱呼全名來區別，例如：營業部的山田さん、會計部的山田部長或山田裕介さん。班上若有好幾位同姓的同學，也多以「暱稱或綽號（あだ名）」來做區別。

暱稱的取法一般有以下三種模式，一種是「姓氏或姓氏簡稱＋ちゃん」，男女皆可，其中當姓氏的讀音較長時（通常是四個音以上），習慣只取「前兩個音」＋ちゃん，例如西川暱稱「にしちゃん」；另一種取法是用「名字或名字簡稱＋ちゃん」，這通常適用於女生或小朋友，例如：「はるちゃん」；最後一種是「姓氏第一個漢字＋名字第一個漢字」，例如：嵐的松本 潤 就被暱稱為「松潤」。取暱稱是不是很有趣呢！

但是提醒你，跟日本人打交道時，初次見面最好還是先以「姓氏＋さん」來稱呼對方會比較好。等到彼此熟識之後，若雙方是平輩（同學）或對方是晚輩，則可省略さん，直呼其「姓氏」，若對方是男性，也可以用「姓氏＋君」來稱呼，至於親暱的「ちゃん」，最好還是留給最熟、最親密的人吧！

不過捏～當你的另一半不叫你「ちゃん」，而改稱「さん」時，可千萬要注意囉！這種突然將彼此的距離由緊密轉為疏遠的敬稱，其背後可能暗藏玄機或另有所求，千萬要小心～

第二課・跑跳日本，邁出第一步！

🍄 本課單字

單字（平假名）	單字	詞性	中文翻譯
とうきょうスカイツリー	東京スカイツリー	名	東京晴空塔
なに	何	疑	什麼
いくつ	幾つ	疑	多少（個）
～へ（唸 e 而不是 he，請注意）		助	前往～
おんな	女	名	女性
ひと	人	名	人
すみません	済みません	動	對不起
あさくさ	浅草	名	淺草
ゆき or いき	行き	名	去、往（車行方向）
（プラット）ホーム	plathome	名	月台
どこ	何処	疑	哪個、哪裡
ここ	此処	指	這裡（近距離）
どちら		疑	哪個、哪邊（二選一）
えき	駅	名	車站
～め	～目	名	第～（表順序）
～ばんめ	～番目	名	第～站
どういたしまして			不客氣
しんじゅく	新宿	名	新宿
くうこうえき	空港駅	名	機場站
きっぷうりば	切符売り場	名	售票處
わたしのせき	私の席	名	我的座位
タクシーのりば	タクシー乗り場	名	計程車招呼站

こうばん	交番	名	派出所
トイレ	toilet	名	廁所
ゆうびんきょく	郵便局	名	郵局
びょういん	病院	名	醫院
ひがしぐち	東口	名	東出口
いま	今	名	現在
いけぶくろ	池袋	名	池袋
ちかく	近く	名	附近
せいぶデパート	西武デパート	名	西武百貨
くすりや	薬屋	名	藥局
みえます	見えます	動	看得見、看到
めいしょ	名所	名	知名景點
スポット	spot	名	景點
やけい	夜景	名	夜景
レストラン	restaurant	名	餐廳
カフェ	cafe	名	咖啡廳
いざかや	居酒屋	名	小酒館
やたい	屋台	名	攤販
べんとうや	弁当屋	名	便當店
りょうてい	料亭	名	高級傳統日本料理店
ラーメンや	ラーメン屋	名	拉麵店
すしや	寿司屋	名	壽司店
Bきゅうグルメ	B級グルメ	名	B級美食
おみやげ	お土産	名	當地名產、伴手禮
いぬ	犬	名	狗
いしゃ	医者	名	醫生
ちゅうごくごをはなせるひと	中国語を話せる人	名	會說中文的人

🍓 會話一　🎧 2-1

駅で

林さん：すみません。

女の人：はい。

林さん：あのですね、浅草行きのホームはどこですか？

女の人：ここですよ。

林さん：ええと、とうきょうスカイツリー駅はいくつ目ですか？

女の人：7番目です。

林さん：そうですか。ありがとうございました。

女の人：いいえ、どういたしまして。

請試著將上段對話譯成中文

在車站

林：_____

女人：_____

林：_____

女人：_____

林：_____

女人：_____

林：_____

女人：_____

「すみません」是個非常好用的句子，雖然中文一般譯成「對不起」，但其實它有三種使用方法。

第一種是「會話一」情境中所使用的，類似「excuse me」或是中文的「不好意思、打擾了」的意思，並不是真的做錯事的道歉，而是作為提問前的發語詞使用。

第二種是用於「感謝」，例如有人幫了你的忙，除了「ありがとう」外，也可以使用「すみません」。

第三種則是真正作為「道歉」使用的「すみません」。此外，關於道歉，還有以下幾種常用說法，依照誠意高低分別介紹如下：

大 申し ございません。（ございません是ありません的敬語。）
申し訳ありません。
失礼しました。
すみません。
ごめんなさい。
ごめん。

最後要補充的是，在口語中常會聽到す「い」ません，這其實是方便發音的關係，す「み」ません才是正確的拼法喔！

🦉 超好用句型

❶	Q：すみません、＿＿@＿＿は 　　どこ（どちら）ですか？ A：＿＿ⓑ＿＿です。	不好意思，請問 ＿＿＿＿ 在哪裡？
A	A：＿＿ⓑ＿＿です。＿＿＿＿就是。 ＊若已確定是二選一，使用「どちら」，若不確定則使用「どこ」。 請試著在空格內填入以下組合，例如：@ 浅草行きのホーム／ⓑ ここ Q：すみません、浅草行きのホームはどこ（どちら）ですか？ A：ここです。 @ 新宿行きのホーム／ⓑ ここ　　　@ 空港駅／ⓑ そこ @ 切符売り場／ⓑ あそこ　　　　@ 私の席／ⓑ ここ @ タクシー乗り場／ⓑ そこ　　　@ 東口／ⓑ あそこ @ 交番／ⓑ ここ　　　　　　　　@ トイレ／ⓑ あそこ @ 郵便局／ⓑ そこ　　　　　　　@ 病院／ⓑ あそこ

池畑さん 悄悄話

ここ、そこ、あそこ、どこ都是地點指示代名詞，ここ是指近程距離內、較靠近說話者的地方；そこ則是中程距離內，較靠近聽話者的地方；あそこ則是自己與對方範圍外，離雙方都遠的地方。どこ則表示地點的疑問與不確定。

取這組指示代名詞的第一個字「こ、そ、あ、ど」，可以變化成以下幾組代名詞，非常好用：

これ、それ、あれ、どれ：這個、那個、那個、哪個？

この、その、あの、どの＋名詞：這…、那…、那…、哪…？

（この、その、あの、どの不可單獨存在，後面要接名詞。如：この本。）

こちら、そちら、あちら、どちら：這邊、那邊、那邊、哪邊？

有時口語會說こっち、そっち、あっち、どっち，所以當聽到歐巴桑大聲呼喚同胞：「こっち！こっち！」時，可別太驚訝。

🍡 會話二　🎧 MP3 2-2

電話
（でんわ）

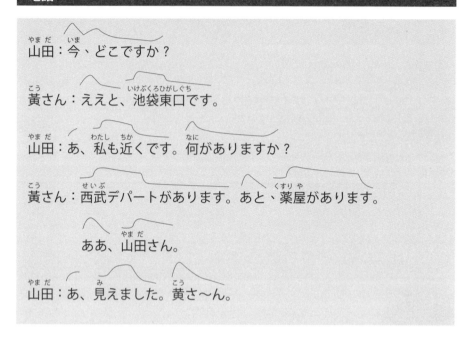

山田（やまだ）：今（いま）、どこですか？

黄（こう）さん：ええと、池袋東口（いけぶくろひがしぐち）です。

山田（やまだ）：あ、私（わたし）も近（ちか）くです。何（なに）がありますか？

黄（こう）さん：西武（せいぶ）デパートがあります。あと、薬屋（くすりや）があります。

　　　　　ああ、山田（やまだ）さん。

山田（やまだ）：あ、見（み）えました。黄（こう）さ〜ん。

請將上段對話譯成中文

電話中

山田：＿＿＿＿＿＿＿＿＿＿＿＿＿＿＿＿＿＿＿＿＿＿＿

黃：＿＿＿＿＿＿＿＿＿＿＿＿＿＿＿＿＿＿＿＿＿＿＿＿＿

山田：＿＿＿＿＿＿＿＿＿＿＿＿＿＿＿＿＿＿＿＿＿＿＿

黃：＿＿＿＿＿＿＿＿＿＿＿＿＿＿＿＿＿＿＿＿＿＿＿＿＿

山田：＿＿＿＿＿＿＿＿＿＿＿＿＿＿＿＿＿＿＿＿＿＿＿

池畑さん 悄悄話

「在會話二」中的「見(み)えました」，是動詞「見(み)えます」的過去肯定式（語幹＋ます→語幹＋ました）。

同樣是「看見」的意思，分成「見(み)えます」與「見(み)られます」（可能形，接近英文「can」的意思，翻成中文是「會～／能夠～」）。兩者不同的是，前者是非刻意、自然地看見；後者是他動詞，是刻意、有意識的看見。

🦉 超好用句型

❷	＿＿＿があります。		有＿＿＿（非生物）＿＿＿。
A	請試著在空格內填入以下名詞，例如：名所 名所があります。 スポット　夜景　レストラン　カフェ　居酒屋　屋台　弁当屋　料亭　ラーメン屋 寿司屋　お土産		

在第一課，我們介紹過「は」這個主語助詞，其實還有一個跟主語關係密切的助詞「が」。「疑問詞＋が」，例如：「何がありますか」這裡的が就作為疑問詞的主語。而在描述句「主語＋が」中，則作為描述內容的主語助詞，例如：「薬屋があります。」另外，一般來說，詢問是否有某物（無生命的）是用「ありますか」，生物則用「いますか」。不過特別的是，日本人在講計程車（タクシー）或公車（バス）時，有時也會用「いますか」，可能是因為這些交通工具會動（人為因素導致）的關係。

🦉 超好用句型

❸	③ ＿＿＿ がいます。	有 ＿（生物）＿ ／ ＿（生物）＿ 在。
A	請試著在空格內填入以下名詞，例如：林^{りん}さん 林^{りん}さんがいます。 犬^{いぬ}　先生^{せんせい}　警察^{けいさつ}　医者^{いしゃ}　中国語^{ちゅうごくご}を話^{はな}せる人^{ひと}	

> **池畑さん 悄悄話**

在「會話二」中，各位有沒有發現一件有趣的事？那就是明明叫「西」武百貨，地點卻在池袋「東」口。巧合的是，池袋「西」口，竟有座「東」武百貨（東武^{とうぶ}デパート）。據說，「西武在東口，東武在西口」還成了池袋站的觀光繞口令呢！

雖說日本各地的車站出口多已用編號標示，但東京的出口還是習慣用方位來標示，所以出站前得先留意要去的地點，或是確認跟朋友約的是哪個出口，才不會走太多冤枉路。以下是常用的出口名稱：

東口（ひがしぐち，東出口）

西口（にしぐち，西出口）

南口（みなみぐち，南出口）

北口（きたぐち，北出口）

南東口（みなみひがしぐち，東南出口）

南西口（みなみにしぐち，西南出口）

北東口（きたひがしぐち，東北出口）

北西口（きたにしぐち，西北出口）

中央口（ちゅうおうぐち，中央出口）

最後，附上環繞東京中心的山手線沿線站名，方便大家到東京遊玩：

東京^{とうきょう}、有楽町^{ゆうらくちょう}、新橋^{しんばし}、浜松町^{はままつちょう}、田町^{たまち}、品川^{しながわ}、大崎^{おおさき}、五反田^{ごたんだ}、目黒^{めぐろ}、恵比寿^{えびす}、渋谷^{しぶや}、原宿^{はらじゅく}、代々木^{よよぎ}、新宿^{しんじゅく}、新大久保^{しんおおくぼ}、高田馬場^{たかだのばば}、目白^{めじろ}、池袋^{いけぶくろ}、大塚^{おおつか}、巣鴨^{すがも}、駒込^{こまごめ}、田端^{たばた}、西日暮里^{にしにっぽり}、日暮里^{にっぽり}、鶯谷^{うぐいすだに}、上野^{うえの}、御徒町^{おかちまち}、秋葉原^{あきはばら}、神田^{かんだ}。

🍎 自我小測驗

一、請寫出正確的答案

例如：薬屋<ruby>くすりや</ruby>が（あり）ます。

1. ラーメン屋<ruby>や</ruby>が（　）ます。

2. 居酒屋<ruby>いざかや</ruby>が（　）ます。

3. 医者<ruby>いしゃ</ruby>が（　）ます。

4. 犬<ruby>いぬ</ruby>が（　）ます。

5. 先生<ruby>せんせい</ruby>が（　）ます。

6. お土産<ruby>みやげ</ruby>が（　）ます。

下課時間

到日本旅遊，在都市與都市間移動，搭乘新幹線（しんかんせん）是相當理想的選擇。跟台灣的高鐵一樣，新幹線有對號座（指定席（していせき））跟自由座（自由席（じゆうせき））的差別。而在都市內旅遊，則建議搭乘電車（でんしゃ）及地鐵（地下鉄（ちかてつ））。尤其像東京這種大城市，市區內大部分的站都有複數條路線通過，轉乘也很方便。而車種的部分，有時還會分特快車（特別快速（とくべつかいそく））、快速列車（快速（かいそく））、通勤快車（通勤快速（つうきんかいそく））與普通車（普通車（ふつうしゃ））幾種。此外要留意的是，有些線路會有女性專用車廂（女性專用車両（じょせいせんようしゃりょう）），男性朋友要特別注意，不要搭錯了喔！

不過或許也是因為轉乘的線很多，所以某些大站的月台數量也很驚人，若不熟悉的人可能會跑錯月台而導致搭錯方向或搭錯車，所以搭乘前務必要留意車行方向。

車行方向一般會用終點站來標示，有時也會用上行（上（のぼ）り）、下行（下（くだ）り）來標示。一般而言，上行就是往都市中心方向，下行則是遠離都市。

不過，搭乘電車或是地鐵雖然方便，缺點就是價格較昂貴。所以，如果不趕時間的話，建議你也可以搭乘公車（バス）。日本的公車其實很單純，只分前門上車（前乗（まえの）り）跟後門上車（後（うし）ろ乗（の）り）兩種。

採前門上車的公車，通常是定額計費，也就是不管你搭乘多少站，都是一樣價格。這類公車都是上車收費，到站前按鈴，後門下車。

而後門上車的公車，則採計程計費，搭乘方法稍微複雜。

首先，從後門上車時要先取乘車券（整理券（せいりけん）），乘車券上面有數字，可以對照車上電子告示板的站名與車資，到站前一下要先按鈴，到站後從前門下車時，把車資跟乘車券一起放入司機旁邊的投錢箱（運賃箱（うんちんばこ））就可以。日本的公車有

自動換零機器，一般千元以內的紙鈔都可以找開，不用太擔心。

但要特別注意的是，為了避免危險，日本是禁止乘客在公車行進間隨便走動的。所以千萬不要因為急著付錢，而站起來走動，不然可能會被司機怒斥。

另外，日本的公車跟台灣不同，不用特別招手，只要到站一定會停。還記得有日本友人來台時，因為不曉得台灣的公車得招手才會停，只能傻傻的目送好幾班公車離去，直到要搭同號公車的其他乘客出現，才順利的搭上車。

啊！日本的計程車當然跟台灣一樣，都要伸手招呼才會停下。不過日本的計程車車門會自動打開跟關上，這點倒是與台灣不同。

第三課・血拼時間到！剁手趁現在！

🍄 本課單字

單字（平假名）	單字	詞性	中文翻譯
いらっしゃいませ			歡迎光臨
～で		助	在～（表示動作進行）
てんいん	店員	名	店員
きゃく	客	名	客人（敬稱是お客様）
なん・なに	何	疑	什麼
さがします	探します	動	尋找
コピー	photocopy	名	影本
みます	見ます	動	看
BB クリーム	BB cream	名	BB 霜
いくら	幾ら	疑	多少（錢）
えん	円	名	日圓
ねだん	値段	名	價格
ちょっと		副	有點
たかい	高い	形	貴的
すこし	少し	副	少許、一點點
やすい	安い	形	便宜的
わりびき	割引	名	打折、折扣
だめ	駄目	名	不行、不好、不可能
むかいます	向かいます	動	朝向
～に		助	對～（動作對象）
だいじょうぶ	大丈夫	名	沒關係、不要緊

じゃ			那麼
ノート	notebook	名	筆記本
かさ	傘	名	雨傘
かばん	鞄	名	包包
ざっし	雑誌	名	雑誌
ほん	本	名	書籍
ほん・ぼん・ぽん	本	量	（細長物品）～隻，～瓶
こ	個	量	～個
さつ	冊	量	（書籍）～本
まい	枚	量	（平坦的物品）～張，～件
だい	台	量	（電器）～台
りんご	林檎	名	蘋果
みかん	蜜柑	名	橘子
もも	桃	名	桃子
ボールペン	Ballpoint pen	名	圓珠筆
えんぴつ	鉛筆	名	鉛筆
さけ	酒	名	酒
しょうせつ	小説	名	小説
マンガ	漫画	名	漫畫
セーター	sweater	名	毛衣
Tシャツ	T-shirt	名	T恤
マフラー	Muffler	名	圍巾
ふくや	服屋	名	服飾店
サイズ	size	名	尺寸
にほん	日本	名	日本

べつ	別	名	不同
いろ	色	名	顏色
あお	青	名	藍色
あか	赤	名	紅色
しろ	白	名	白色
しちゃくします	試着します	動	試穿
動詞～てもいいですか			可以～嗎？（請求許可）
フィッティングルーム	Fitting room	名	試衣間
こちら		指	這邊（近距離）
あと	後	名	之後
どう		副	如何
にあいます	似合います	動	合適
うん		感	嗯、是啊
かわいい	可愛い	形	可愛
せい	製		製造
とけい	時計	名	時鐘
くつ	靴	名	鞋子
カメラ	camera	名	相機
さいふ	財布	名	錢包
スイス	Swiss	名	瑞士
フランス	France	名	法國
アメリカ	America	名	美國
たいわん	台湾	名	台灣
ちゅうごく	中国	名	中國
かんこく	韓国	名	韓國

🐞 **會話一** 🎵 3-1

薬店で

店員：いらっしゃいませ。お客様何かお探しですか？

（コピーを見せて）

黄：あのですね、この BB クリームはありますか？

店員：はい、こちらです。

黄：これはいくらですか？

店員：2,700 円です。

黄：ええ〜値段はちょっと高い、少し安くなりませんか？

山田さん：黄さん、東京で割引は駄目ですよ。

（店員に向かって）すみませんねえ。

店員：いえいえ、大丈夫ですよ。

黄：すみません、じゃ、これを二本ください。

店員：ありがとうございます。

🦋 請試著將上段對話譯成中文

在藥妝店

店員：＿＿＿＿＿＿＿＿＿＿＿＿＿＿＿＿＿＿＿＿＿＿＿＿＿
（將影印拿給對方看）

黃：＿＿＿＿＿＿＿＿＿＿＿＿＿＿＿＿＿＿＿＿＿＿＿＿＿＿

店員：＿＿＿＿＿＿＿＿＿＿＿＿＿＿＿＿＿＿＿＿＿＿＿＿＿

黃：＿＿＿＿＿＿＿＿＿＿＿＿＿＿＿＿＿＿＿＿＿＿＿＿＿＿

店員：＿＿＿＿＿＿＿＿＿＿＿＿＿＿＿＿＿＿＿＿＿＿＿＿＿

黃：＿＿＿＿＿＿＿＿＿＿＿＿＿＿＿＿＿＿＿＿＿＿＿＿＿＿

山田：＿＿＿＿＿＿＿＿＿＿＿＿＿＿＿＿＿（朝向店員）＿＿＿＿

店員：＿＿＿＿＿＿＿＿＿＿＿＿＿＿＿＿＿＿＿＿＿＿＿＿＿

黃：＿＿＿＿＿＿＿＿＿＿＿＿＿＿＿＿＿＿＿＿＿＿＿＿＿＿

店員：＿＿＿＿＿＿＿＿＿＿＿＿＿＿＿＿＿＿＿＿＿＿＿＿＿

池畑さん 悄悄話

「見ます」是看的意思，讓對方看則要用「見せて」。「向かって」是「向かいます」的て形，表示動作正在進行。

另外，大家應該有發現，日本人在口語對話時，句尾常出現「よ」跟「ね」這兩個字。台灣朋友曾經開玩笑對我說：「日本人很喜歡『捏』齁～」其實常用「よ」跟「ね」這兩個句尾助詞，跟日本「以和為貴」的民族性有關，總是不希望因為把話說絕、說死而弄僵氣氛。所以就算是指責對方，也會選用較溫和的語氣，而最好用的就是語尾加上「よ」跟「ね」，翻成中文相當於「喔」或「呢」。

兩者雖然很像，有時也可通用，不過大致上還是有以下差別：

「よ」：通常針對「對方」。常用於強調禁止、不可以，要注意的事項等。

「ね」：通常針對「自己」。常用於自問自答、尋求同意、確認、邀請或感動等。

🦉 超好用句型

❶	Q：___ⓐ___ はいくらですか？ A：___ⓑ___ 円です。	_____多少錢？ _____日圓
A	請試著在空格內填入以下組合，例如：ⓐそれ／ⓑ 500 Q：それはいくらですか。 A：500 円です。 ⓐあれ／ⓑ 120　　　ⓐこのノート／ⓑ 300 ⓐその傘／ⓑ 450　　　ⓐあの本／ⓑ 680 ⓐ鞄／ⓑ 890　　　ⓐこの雑誌／ⓑ 730	

💬 池畑さん 悄悄話

金額數字的念法

100	ひゃく	10	じゅう	1	いち
200	にひゃく	20	にじゅう	2	に
300	さんびゃく	30	さんじゅう	3	さん
400	よんひゃく	40	よんじゅう	4	よん
500	ごひゃく	50	ごじゅう	5	ご
600	ろっぴゃく	60	ろくじゅう	6	ろく
700	ななひゃく	70	ななじゅう	7	なな
800	はっぴゃく	80	はちじゅう	8	はち
900	きゅうひゃく	90	きゅうじゅう	9	きゅう
1000	せん	6000	ろくせん	10	じゅう
2000	にせん	7000	ななせん		
3000	さんぜん	8000	はっせん		
4000	よんせん	9000	きゅうせん		
5000	ごせん	10000	いちまん		
* 請注意：「4 円」的正確唸法是「よえん」，而非「よんえん」。					

🦉 超好用句型

❷	＿＿＿ ⓐ をください。 ＿＿＿ ⓐ を ⓑ 数量＋量詞 ＿ ください。	請給我＿＿＿＿＿。 請給我＿＿個（瓶、本、件）＿＿＿。
A	請試著在空格內填入以下組合，例如：ⓐ BB クリーム／ⓑ二本 BB クリームをください。 BB クリームを二本ください。 ⓐりんご／ⓑ５こ　　　ⓐみかん／ⓑ６こ　　　ⓐ桃／ⓑ７こ ⓐボールペン／ⓑ２本　ⓐ鉛筆／ⓑ３本 ⓐ酒／ⓑ４本 ⓐ雑誌／ⓑ９冊　　　　ⓐ 小 説／ⓑ８冊 ⓐマンガ／ⓑ３冊 ⓐセーター／ⓑ４枚　ⓐ Ｔシャツ／ⓑ５枚 ⓐマフラー／ⓑ７枚	

池畑さん 悄悄話

	こ （個）	本（〜瓶／根） （細長物品）	冊（〜本） （書籍單位）	枚（〜張／件） （平坦物品）	台（〜台） （電器）
1	いっこ	いっぽん	いっさつ	いちまい	いちだい
2	にこ	にほん	にさつ	にまい	にだい
3	さんこ	さんぼん	さんさつ	さんまい	さんだい
4	よんこ	よんほん	よんさつ	よんまい	よんだい
5	ごこ	ごほん	ごさつ	ごまい	ごだい
6	ろっこ	ろっぽん	ろくさつ	ろくまい	ろくだい
7	ななこ	ななほん	ななさつ	ななまい	ななだい
8	はっこ	はっぽん	はっさつ	はちまい	はちだい
9	きゅうこ	きゅうほん	きゅうさつ	きゅうまい	きゅうだい
10	じゅっこ	じゅっぽん	じゅっさつ	じゅうまい	じゅうだい

服屋で

黄：すみません。このセーターはどこのですか？

店員：日本のです。

黄：これのサイズMの別の色はありますか？

店員：はい、青と赤と白があります。

黄：これを試着してもいいですか？

店員：はい、フィッティングルームはこちらです。

（試着後）

黄：どう、山田さん似合いますか？

山田：うん、可愛い。

🐝 請試著將上段對話譯成中文

在服飾店

黃：＿＿＿＿＿＿＿＿＿＿＿＿＿＿＿＿＿＿＿＿＿＿

店員：＿＿＿＿＿＿＿＿＿＿＿＿＿＿＿＿＿＿＿＿＿

黃：＿＿＿＿＿＿＿＿＿＿＿＿＿＿＿＿＿＿＿＿＿＿

店員：＿＿＿＿＿＿＿＿＿＿＿＿＿＿＿＿＿＿＿＿＿

黃：＿＿＿＿＿＿＿＿＿＿＿＿＿＿＿＿＿＿＿＿＿＿

店員：＿＿＿＿＿＿＿＿＿＿＿＿＿＿＿＿＿＿＿＿＿

（試穿後）

黃：＿＿＿＿＿＿＿＿＿＿＿＿＿＿＿＿＿＿＿＿＿＿

山田：＿＿＿＿＿＿＿＿＿＿＿＿＿＿＿＿＿＿＿＿＿

池畑さん 悄悄話

提到日本的平價服裝品牌，相信大家第一個想到就是 UNIQLO。除了價格實惠外，款式多、顏色齊也是深受消費者喜愛的原因。以下是各種顏色的唸法，如果在現場沒有看到喜歡的顏色，也可以直接詢問店員唷！

ブルー、青（藍色）	レッド、赤（紅色）	ピンク（粉紅色）
フューシャピンク（桃紅色）	パープル（紫色）	バイオレット（紫羅蘭色）
イエロー、黄色（黃色）	オレンジ（橘色）	茶色（茶色）
ブラウン（咖啡色）	ホワイト、白（白色）	ブラック、黒（黑色）
グリーン、緑（綠色）	グレー、灰色（灰色）	銀色（銀色）
金色（金色）	肌色（膚色）	ベージュ（米色）

超好用句型

❸	Q：この ⓐ はどこのですか？ A： ⓑ のです。 A：この ⓐ は ⓑ 製<small>せい</small>です。	這個（物品）是哪裡生產／製造的？ 是 （哪裡） 生產／製造的。 （物品） 是 （哪裡） 生產／製造的。
A	請試著在空格內填入以下組合，例如：ⓐ 鞄<small>かばん</small>／ⓑ 台灣<small>たいわん</small> Q：この鞄<small>かばん</small>はどこのですか？ A：台湾<small>たいわん</small>のです。 A：この鞄<small>かばん</small>は台湾製<small>たいわんせい</small>です。 ⓐ 時計<small>とけい</small>／ⓑ スイス　　　靴<small>くつ</small>／ⓑ フランス ⓐ カメラ／ⓑ 中国<small>ちゅうごく</small>　　　財布<small>さいふ</small>／ⓑ 日本<small>にほん</small> ⓐ 携帯電話<small>けいたいでんわ</small>／ⓑ 韓国<small>かんこく</small>　　　セーター／ⓑ アメリカ	

池畑さん 悄悄話

在日本，商品都是不二價，只有大阪少數店家可接受顧客殺價，所以千萬不要隨便開口殺價。

不過，雖說是不二價，但換季拍賣或是特殊時段，店家還是會提供折扣（割引<small>わりびき</small>）。所以，下次到日本旅行時，別忘了注意店家是否貼出以下標籤，還是有機會購買到超值商品的唷！

テスター（試用品）　　　試供品<small>しきょうひん</small>（試用品）　試食品<small>ししょくひん</small>（試吃品）

サンプル（樣品）　半額<small>はんがく</small>（半價）　　お買<small>か</small>い得<small>どく</small>（買到賺到）

値引<small>ねび</small>き（大減價）　激安<small>げきやす</small>（超低價）　　在庫処分<small>ざいこしょぶん</small>（庫存清倉）

セール（結束營業大拍賣）　タイムセール（限時特賣）

キャンペーン（促銷熱賣中）　　　お一人様<small>ひとりさま</small>1点<small>てん</small>限<small>かぎ</small>り（每人限購1個）

另外，日本商品的折扣標示習慣跟台灣相反。如果標示「30%割引<small>わりびき</small>」，意思不是打3折，而是7折。另外，日本的商品除了定價外，還要外加消費稅，所以結帳時記得詢問店員，或是看看物品的標價是否含稅（稅込<small>ぜいこ</small>み）。目前日本的消費稅金額是定價的8%。

🍎 自我小測驗

一、聽 CD 選出正確的價錢 🔘 MP3 3-3

例如：これは（ a ）円です。

1. それは（　）円です。　　2. あれは（　）円です。

3. これは（　）円です。　　4. あれは（　）円です。

5. それは（　）円です。

a　500　　　　b　120　　　　c　300

d　450　　　　e　680　　　　f　890

g　945　　　　h　279　　　　i　734

二、聽 CD 選出正確的答案 🔘 MP3 3-4

例如：りんごを（ 5 こ ）ください。

1. 雑誌を（　）ください。　　2. 鉛筆を（　）ください。

3. みかんを（　）ください。　　4. T シャツを（　）ください。

5. 東京バナナを（　）ください。

三、聽 CD 選出正確的答案 🔘 MP3 3-5

1.　Q：これは何ですか？

　　A：それは（ くつ・カメラ・時計 ）です。

2.　Q：このかばんはどこのですか？

　　A：このかばんは（ スイス・中国・韓国 ）製です。

3.　Q：この時計はどこのですか？

　　A：（ アメリカ・フランス・台湾 ）のです。

下課時間

當我聽說台灣人到日本旅遊時特別喜歡購買藥妝，甚至還有專書教大家如何挑選藥品跟化妝品，真是驚訝萬分！因為我們日本人外出旅遊，通常會買的不外乎當地名產（お土産）、當地限定商品，或是Ｂ級美食（Ｂ級グルメ）。

為了方便大家看懂化妝品的日文標示，kuma 桑特別整理了一些常用的單字給大家參考。不過呢，還是希望各位到日本旅遊時，除了藥妝外，也多關注一下當地名產！

ローション、化粧水（けしょうすい，化妝水）

乳液（にゅうえき，乳液）　　　　　クリーム（乳霜）

コンシーラー（遮瑕膏）　　　　　　下地（したじ，打底、隔離霜）

ファンデーション（粉底）　　　　　リキッド（粉底液）

パウダリー（粉餅）　　　　　　　　フェイスパウダー（蜜粉）

チーク（腮紅）　　　　　　　　　　マスカラ（睫毛膏）

アイシャドウ（眼影）　　　　　　　ペンシルライナー（眼線筆）

口紅（くちべに，口紅）　　　　　　グロス（唇蜜）

リップクリーム（護唇膏）　　　　　パック（面膜）

洗顔料（せんがんりょう，洗面乳）

日焼け止め（ひやけどめ，防曬乳）

あぶらとり紙（あぶらとりかみ，吸油面紙）

メイク落とし（メイクおとし，卸妝用品）

第四課・買完東西吃東西

🍄 **本課單字**

單字（平假名）	單字	詞性	中文翻譯
イタリアりょうり	イタリア料理	名	義大利料理
なんめい	何名	疑	幾位
よやくします	予約します	動	預約
あんないします	案内します	動	介紹、引導
メニュー	menu	名	菜單
おいしい	美味しい	形	美味的、好吃的
そうだ			好像（是）
ぜんぶ	全部	副	全部、都
みせ	店	名	店
～かいめ	～回目		第～次
パスタ	pasta	名	義大利麵
ピザ	pizza	名	披薩
～と～		助	～和～
わふう	和風	名	和風
ナポリ	Napoli	名	拿坡里口味（日本發明的義式風味）
ぼく	僕	名	我（男子自稱）
ちゅうもん	注文	名	點菜
たのしい	楽しい	形	快樂的

むずかしい	難しい	形	困難的
あまい	甘い	形	甜的
うまい	旨い	形	好吃的
まずい	不味い	形	難吃的
おもしろい	面白い	形	有趣的
つまらない	詰まらない	形	無趣的
ほしい	欲しい	形	想要
かんたん（な）	簡単	形	簡單的
きれい（な）	綺麗	形	漂亮的；乾淨的
げんき（な）	元気	形	朝氣、硬朗
みず	水	名	水
コーヒー	coffee	名	咖啡
ウーロンちゃ	ウーロン茶	名	烏龍茶
カフェオレ	cafe au lait	名	咖啡歐雷
やさいジュース	野菜ジュース	名	果菜汁
ハンバーグ	hamburg	名	漢堡排
カレーライス	curry rice	名	咖哩飯
ステーキ	steak	名	牛排
きめます	決めます	動	決定
かいます	買います	動	買
かいけい	会計	名	結帳
かんじょう	勘定	名	結帳

げんきん	現金	名	現金
カード	credit card	名	信用卡
しはらいます	支払います	動	支付、付款
べつべつ	別々	名	分別、各自
きょう	今日	名	今天
ごちそうします	ご馳走します	動	招待
ごちそうになります	ご馳走になります		讓你破費了、謝謝招待
タクシー	taxi	名	計程車
いきます	行きます	動	去
たべます	食べます	動	吃
フォーク	fork	名	叉子
はし	箸	名	筷子
セット	set	名	套餐
のみもの	飲み物	名	飲料、喝的東西

イタリア料理のレストランで

店員：いらっしゃいませ、何名様ですか？

山田：三人です。予約している、山田ですが。

店員：山田さん、はい、ご案内いたします。

＊＊＊

林：（メニューを見て）わぁー、美味しそう。

黄：そうだね、全部美味しそう。

山田さんはこの店初めてですか？

山田：ううん、二回目。このパスタとこのピザが美味しかったよ。

林：じゃぁ、私は和風パスタで。

黄：うん、私はナポリピザ。

山田：僕もナポリピザにしようかな。

すみません、注文をお願いします。

為弱勢孩子
點一盞學習的路燈
——理事長 吳念真

為了孩子藝術的第一哩路
我們走遍台灣各地鄉鎮
讓文化刺激沒有城鄉差距
之後我們承諾繼續創造歡笑
給全台灣的每一個孩子
但是 在巡演的過程中
我們驚覺
許多偏鄉弱勢的孩子
在下課之後
沒人關心他的學習和功課
漸漸的
他 跟不上老師的進度
孩子再也沒有學習的意願了
受教育變成痛苦的事情

讓我們來提供一個長期深耕的協助
點亮這些孩子未來的希望
讓孩子在放學後
有個溫暖的地方
等待他放學
陪伴他學習
分享他的喜怒哀樂

懇請您加入「**免費課輔——孩子的秘密基地**」專案，
讓孩子們在學習的道路上，有您陪伴，不再孤單。

中華民國快樂學習協會

社團法人中華民國快樂學習協會【孩子的秘密基地】
信用卡定期定額捐款單

請將此單填寫後傳真到（02）2356-8332，或是利用右方 QR Code 直接上網填寫資料。謝謝！

捐款人基本資料

捐款日期： _____年_____月_____日

捐款者姓名：
是否同意將捐款者姓名公佈在網站 □同意 □不同意（勾選不同意者將以善心人士公佈）

訊息得知來源：
□電視／廣播：_____　　□報紙／雜誌：_____
□網站：_____　　□親友介紹　　□其他：_____

通訊地址：□□□ – □□

電話（日）：____ – _____　　**電話（夜）：**____ – _____

行動電話：

電子信箱：
（請務必填寫可聯絡到您的電子信箱，以便我們確認及聯繫）

開立收據相關資料

因捐款收據可作抵稅之用，請您詳填以下資料，於確認捐款後，近期內將寄發收據給您。本資料保密，不做其他用途。

收據抬頭：
（捐款人姓名或欲開立之其他姓名、公司抬頭）

統一編號：
（捐款人為公司或法人單位者請填寫）

寄送地址：□ 同通訊地址　　□□□ - □□
（現居地址或便於收到捐款收據之地址）

信用卡捐款資料

□ **孩子的秘密基地專案　每月 3,000 元**　　□ **陪伴專案　每月**_____元
捐款起訖時間：____月____年 到____月____年
★持　卡　人：_____　★發卡銀行：_____　★信用卡卡別：_____
★信用卡卡號：_____
★有　效　日　期：____月____年　★持卡人簽名：_____（需與信用卡簽名同字樣）
★信用卡背面末三碼：

社團法人中華民國快樂學習協會

100 臺北市中正區重慶南路二段 59 號 5 樓　電話：（02）3322-2297　傳真：（02）2356-8332
官方網站：http://afterschool368.org　E-mail：service@afterschool368.org
FB 粉絲專頁：https://www.facebook.com/afterschool368

🐝 請試著將上段對話譯成中文

在義大利餐廳

店員：＿＿＿＿＿＿＿＿＿＿＿＿＿＿＿＿＿＿＿＿＿＿

山田：＿＿＿＿＿＿＿＿＿＿＿＿＿＿＿＿＿＿＿＿＿＿

店員：＿＿＿＿＿＿＿＿＿＿＿＿＿＿＿＿＿＿＿＿＿＿

＊＊＊

林：（看著菜單）＿＿＿＿＿＿＿＿＿＿＿＿＿＿＿＿＿

黃：＿＿＿＿＿＿＿＿＿＿＿＿＿＿＿＿＿＿＿＿＿＿＿

山田：＿＿＿＿＿＿＿＿＿＿＿＿＿＿＿＿＿＿＿＿＿＿

林：＿＿＿＿＿＿＿＿＿＿＿＿＿＿＿＿＿＿＿＿＿＿＿

黃：＿＿＿＿＿＿＿＿＿＿＿＿＿＿＿＿＿＿＿＿＿＿＿

山田：＿＿＿＿＿＿＿＿＿＿＿＿＿＿＿＿＿＿＿＿＿＿

池畑さん 悄悄話

在「會話一」裡，店員說：「ご案内いたします。」這是敬語的謙讓語，在對身分比自己高的人說話時使用，句型是「ご＋漢語＋いたします。」例如：「ご連絡いたします。」（我會與您聯繫）

在日語中，為表示尊敬對方和自謙，會在該名詞或對對方動作的詞語前，加上「ご」或「お（御）」。一般而言，「お（御）」多與和語一起，例如：おにぎり（飯糰）、お土産（伴手禮）；「ご」則多與漢語在一起，例如：ご注文（點菜）、ご入学（入學）。

🦉 超好用句型

❶	＿＿＿（形容詞）＿＿そう。	好像／似乎＿＿（形容詞）＿＿。
A	請試著在空格內填入以下詞彙，例如：美味^おしい 美味^{お い}しそう。 難^{むずか}しい　　楽^{たの}しい　　甘^{あま}い　　うまい　　まずい 簡単^{かんたん}　　綺麗^{き れい}　　面白^{おもしろ}い　　つまらない　　元気^{げん き}	

> **池畑さん 悄悄話**

日文的形容詞分成兩類，一類因為語尾有「い」，所以又被稱為「い形」；另一類字尾沒有「い」的，被稱為形容動詞，因為修飾名詞時會在詞幹後加上「な」，所以又稱「な形」。

そう前面可以是動詞或是形容詞，在形容詞＋そう的句型中，「い形」要去掉語尾的「い」，而「な形」則使用詞幹來進行變化。動詞＋そう則是ます形去掉「ます」。

動詞或形容詞＋そう，是說話的人根據自身經驗下的判斷，例如看到某物品，然後心裡覺得「應該是這樣吧」。

🦉 超好用句型

❷	＿＿＿をお願 (ねが) いします。	請給（幫）我＿＿＿。
A	請試著在空格內填入以下詞彙，例如：水 水をお願いします。 注文　　お会計　　コーヒー　　メニュー　　ウーロン茶 カフェオレ　野菜ジュース　ハンバーグ　カレーライス　ステーキ	

池畑さん
悄悄話

「お願いします」是非常好用的句型，不管是請求別人做某事，或是點餐、購物都用得上。此外，以下幾組句型，在購物時也可以做為替換。

＿＿＿（這個）にします。　　　　決定＿＿＿（這個）

＿＿＿（這個）に決めます。　　　決定　＿＿＿（這個）

＿＿＿（這個）が欲しいです。　　想要　＿＿＿（這個）

＿＿＿（這個）を買います。　　　要買　＿＿＿（這個）

＿＿＿（這個）をください。　　　請給我＿＿＿（這個）

另外，以下還有更有禮貌的請求句型（愈往下愈有禮）：

＿＿＿（這個）をもらいます。

＿＿＿（這個）をいただきます。

＿＿＿（這個）をいただけませんか。

在「會話一」裡，山田說：「僕もナポリピザにしようかな。」這是「僕もナポリピザにします。」的意向形，常用於口語，有「說話的人催促自己去做某事」「邀約對方去做某事」，以及「商量（＋か）」的幾種意思。以上句為例，大約是「那～我也點拿坡里披薩吧！」與「我也點拿坡里披薩。」的語感差異。

113

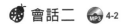

お会計

山田：お会計をお願いします。

店員：ありがとうございます、お会計は 8,400 円です。

現金かカードどちらでお支払いですか？

山田：カードでお願いします。

黄：すみません、別々に支払いたいのですが。

山田：大丈夫です。今日はご馳走しますから。

黄：ええ、すみません、ご馳走になります、

どうもありがとうございます。

林：今日はご馳走になりました。

山田：いいえ。

請試著將上段對話譯成中文

結帳

山田：＿＿＿＿＿＿＿＿＿＿＿＿＿＿＿＿＿＿＿＿＿＿

店員：＿＿＿＿＿＿＿＿＿＿＿＿＿＿＿＿＿＿＿＿＿＿

山田：＿＿＿＿＿＿＿＿＿＿＿＿＿＿＿＿＿＿＿＿＿＿

黃：＿＿＿＿＿＿＿＿＿＿＿＿＿＿＿＿＿＿＿＿＿＿＿

山田：＿＿＿＿＿＿＿＿＿＿＿＿＿＿＿＿＿＿＿＿＿＿

黃：＿＿＿＿＿＿＿＿＿＿＿＿＿＿＿＿＿＿＿＿＿＿＿

林：＿＿＿＿＿＿＿＿＿＿＿＿＿＿＿＿＿＿＿＿＿＿＿

山田：＿＿＿＿＿＿＿＿＿＿＿＿＿＿＿＿＿＿＿＿＿＿

池畑さん 悄悄話

我聽說在台灣，有個不成文的規定，就是男生和女生一起出去吃飯（約會），通常由男生付錢。不過在日本，我們通常都是採ＡＡ制（割り勘、別々），也就是各付各的。若難得遇到有人要請客（今日はご馳走しますから，這裡的から代表說話者主觀的要求、希望），大家一定要有禮貌的說：「ご馳走になります。」（現在式，還沒付錢）或「ご馳走になりました。」（過去式，已經付完）

要結帳時，若是在和式料理的店家（例如：居酒屋、拉麵店等），通常會用「お勘定」，西式料理的店家，則說「お会計」，但沒有絕對就是。

🦉 超好用句型

❸	___ ⓐ ___ か ___ ⓑ ___ どちらで ___ ⓒ ___ で すか。	（名詞）　跟　（名詞）， 哪一個_____（動詞ます）_____。
A	請試著在空格內填入以下組合，例如：ⓐ現金 (げんきん) ／ⓑカード／ⓒお支 (し) 払 (はら) い 現金 (げんきん) かカードどちらでお支 (し) 払 (はら) いですか。 ⓐバス (ばす) ／ⓑタクシー (たくし) ／ⓒ行 (い) きます ⓐフォーク／ⓑ箸 (はし) ／ⓒ食 (た) べます	

池畑さん 悄悄話

道具＋で＋動詞，表示使用道具做某件事，例如：

現金 (げんきん)＋で＋払 (はら) います→用現金支付。
箸 (はし)＋で＋食 (た) べます→用筷子吃東西。

提到筷子，日本跟台灣雖然都使用筷子吃東西，但是擺放筷子的禮儀卻不大相同。在台灣，一般習慣把筷子夾食物的那端朝向自己的前方，也就是與慣用手平行直放，甚至就擺在餐盤邊邊。但在日本，卻習慣將筷子橫放，原因是覺得夾食物的部分會沾上唾液，為了禮貌，所以不會朝向前方。

🍎 自我小測驗

一、請在空格內填入正確的詞彙

例如：美味^おしい→美味^おしそう。

1. 難^{むずか}しい→（　　　）そう。

2. 元気^{げんき}→（　　　）そう。

3. 面白^{おもしろ}い→（　　　）そう。

4. つまらない→（　　　）そう。 ※ 也可寫成つまらなさそう。

5. 簡単^{かんたん}→（　　　）そう。

6. 綺麗^{きれい}→（　　　）そう。

二、聽ＣＤ寫出正確的答案 🎵 MP3 4-3

1. Q：現金^{げんきん}かカードどちらでお支払^{しはら}いですか？

   A：（　　　　　　）でお願^{ねが}いします。

2. Q：フォークか箸^{はし}どちらで食^たべますか？

   A：（　　　　　　）でお願^{ねが}いします。

3. Q：セットのお飲^のみ物^{もの}はどうなさいますか？

   A：（　　　　　　）をお願^{ねが}いします。

4. Q：セットのお飲^のみ物^{もの}はどうなさいますか？

   A：（　　　　　　）をお願^{ねが}いします。

🏠 下課時間

日本是個非常熱愛美食的國家，除了地方特色美食外，世界各國的特色料理在日本也都可以吃到。在所有外來料理中，最受日本人歡迎的前幾名，分別是義大利料理（イタリア料理）、中華料理（中華料理）、印度料理（インド料理）、法國料理（フランス料理），以及近年來相當熱門的韓國料理（韓国料理）。

日本人不僅喜歡吃外來料理，還喜歡將這些料理日本化，最有名的例子就是「拿坡里義大利麵」（ナポリパスタ，番茄肉醬風味）。雖然名稱叫做拿坡里，但卻是日本人自己發明的義大利麵口味，義大利可是沒有這道菜的。

此外，日本人對於料理的研究，也是非常認真且嚴謹，所以日本（特別是東京）也擁有許多米其林星級餐廳。

一般而言，除了少數高級的日本料理店（お任せ料理，讓廚師決定菜色）沒有菜單外，大部分餐廳都有菜單，也多附有照片，所以點餐倒是不用太擔心。唯一要注意的是，日本餐廳通常不提供打包外帶服務，所以點餐時請衡量自己的食量再做選擇。此外，有些大眾餐廳會提供吃到飽（食べ放題）或喝到飽（飲み放題，尤其是網咖）服務，如果肚子很餓又預算有限，也可以考慮試試喔！

不過對大部分的日本人來說，最好吃的食物，還是媽媽做的咖哩（カレー）。據說有不少日本男人，會不自覺的以咖哩味道，來評斷對方是否為適合結婚的對象，這也算是另類的擇偶潛規則吧！

118

第五課・B級美食篇

🍄 本課單字

單字（平假名）	單字	詞性	中文翻譯
どんもの	丼物	名	蓋飯
よる	夜	名	晚上
ごはん	ご飯	名	米飯、用餐
もの	物	名	物
わかりました	分かりました	動	我知道了
じもと	地元	名	當地、自己出身地
にんき	人気	名	聲望
すごい	凄い	形	厲害的、驚人的
たのしみ	楽しみ	形	好開心、愉快
さき	先	名	以前、之前
しょっけん	食券	名	餐券
かいます	買います	動	買
すき	好き	形	喜歡的
きらい	嫌い	形	討厭的
ぎゅうにく	牛肉	名	牛肉
さしみ	刺身	名	生魚片
にがて	苦手	名	不擅長
かつどん	勝丼	名	豬排蓋飯
おやこどん	親子丼	名	親子蓋飯
よく		副	經常
いがい	意外	名	意外

てんどん	天丼	名	天婦羅蓋飯
とても		副	很、非常
やさい	野菜	名	青菜
キャベツ	Cabbage	名	高麗菜
カニ	蟹	名	螃蟹
たこ	蛸	名	章魚
エビ	海老	名	蝦
さかな	魚	名	魚
くだもの	果物	名	水果
パンケーキ	pan cake	名	鬆餅
シュークリーム	choux cream	名	泡芙
パン	pan	名	麵包
デザート	dessert	名	甜點
サンドイッチ	sandwich	名	三明治
アップルパイ	apple pie	名	蘋果派
パフェ	parfait	名	聖代
どらやき	どら焼き	名	銅鑼燒
こうちゃ	紅茶	名	紅茶
コーラ	coke	名	可樂
わがし	和菓子	名	日式點心
ようがし	洋菓子	名	西式點心
ビール	beer	名	啤酒
しょうちゅう	焼酎	名	日式燒酒
せいしゅ	清酒	名	清酒
ワイン	wine	名	葡萄酒

むぎちゃ	麦茶	名	麥茶
りょくちゃ	緑茶	名	綠茶
そば	蕎麦	名	蕎麥麵
うどん	饂飩	名	烏龍麵
うなじゅう	うな重	名	鰻魚飯
オムライス	omelette rice	名	蛋包飯
コロッケ	croquette	名	可樂餅
ギョウザ	餃子	名	餃子
さけ	酒	名	酒
あまざけ	甘酒	名	甜酒
まっちゃ	抹茶	名	抹茶
げんまいちゃ	玄米茶	名	玄米茶
ほう	方	名	（並存事物的）一方
ココア	cocoa	名	可可
ぎゅうにゅう	牛乳	名	牛奶
でんしゃ	電車	名	電車
べんり	便利	形	方便
アイスクリーム	ice cream	名	冰淇淋
アイスコーヒー	ice coffee	名	冰咖啡
しゅくだい	宿題	名	家庭作業
テスト	test	名	考試
すし	寿司	名	壽司
おにぎり	お握り	名	飯糰
プリン	pudding	名	布丁
ちゃわんむし	茶碗蒸し	名	茶碗蒸

やわらかい	柔らかい	形	柔軟的
サラダ	salad	名	沙拉
あんみつ	餡蜜	名	紅豆餡日式甜點
チーズケーキ	cheese cake	名	起士蛋糕
ケーキや	ケーキ屋	名	蛋糕店
こちら		指	這邊（近距離）
めしあがります	召し上がります	動	吃（食べます的敬語）
もちます	持ちます	動	拿、持有
かえります	帰ります	動	回去、回來
いちごケーキ		名	草莓蛋糕
いじょう	以上	名	以上
よろしい		形	好的、可以的
ついかします	追加します	動	追加
くりかえします	繰り返します	動	重複
かしこまりました			我明白了（敬語）
しょうしょう	少々	名	稍微
まちます	待ちます	動	等待
しょうしょうおまちください	少々お待ちください		請稍候
ラーメン		名	拉麵
おちゃ	お茶	名	茶
ジュース	juice	名	果汁

🎨 會話一　 🎵 5-1

丼物の店
（どんもの　みせ）

山田：夜ご飯何食べたいですか？
（やまだ　よる　はんなにた）

黄：ええと、美味しい物が食べたいです。
（こう　おい　もの　た）

山田：ははは、わかりました。じゃ、地元の人に人気の
（やまだ　じもと　ひと　にんき）

すごく美味しい店に行きます。
（おい　みせ　い）

林：わー、楽しみ。
（りん　たの）

＊＊＊

店員：いらっしゃいませ。先に食券を買ってください。
（てんいん　さき　しょっけん　か）

山田：はい、黄さん、林さん、好き嫌いはありますか？
（やまだ　こう　りん　す　きら）

黄：ええと、牛肉は駄目。
（こう　ぎゅうにく　だめ）

林：私は刺身が苦手です。
（りん　わたし　さしみ　にがて）

山田：そっか。ええと、勝丼と親子丼と、どちらが好きですか？
（やまだ　かつどん　おやこどん　す）

黄：親子丼が好きですね。台湾で親子丼よく食べます。
（こう　おやこどん　す　たいわん　おやこどん　た）

123

山田：ええ、意外ですね。林さんも丼物が好きですか？

林：はい、天丼も親子丼も、とても好きです。

🐝 請試著將上段對話譯成中文

在蓋飯店裡

山田：＿＿＿＿＿＿＿＿＿＿＿＿＿＿＿＿＿＿＿＿＿＿＿＿

黃：＿＿＿＿＿＿＿＿＿＿＿＿＿＿＿＿＿＿＿＿＿＿＿＿＿＿

山田：＿＿＿＿＿＿＿＿＿＿＿＿＿＿＿＿＿＿＿＿＿＿＿＿

林：＿＿＿＿＿＿＿＿＿＿＿＿＿＿＿＿＿＿＿＿＿＿＿＿＿＿

＊＊＊

店員：＿＿＿＿＿＿＿＿＿＿＿＿＿＿＿＿＿＿＿＿＿＿＿＿

山田：＿＿＿＿＿＿＿＿＿＿＿＿＿＿＿＿＿＿＿＿＿＿＿＿

黃：＿＿＿＿＿＿＿＿＿＿＿＿＿＿＿＿＿＿＿＿＿＿＿＿＿＿

林：＿＿＿＿＿＿＿＿＿＿＿＿＿＿＿＿＿＿＿＿＿＿＿＿＿＿

山田：＿＿＿＿＿＿＿＿＿＿＿＿＿＿＿＿＿＿＿＿＿＿＿＿

黃：＿＿＿＿＿＿＿＿＿＿＿＿＿＿＿＿＿＿＿＿＿＿＿＿＿＿

山田：＿＿＿＿＿＿＿＿＿＿＿＿＿＿＿＿＿＿＿＿＿＿＿＿

林：＿＿＿＿＿＿＿＿＿＿＿＿＿＿＿＿＿＿＿＿＿＿＿＿＿＿

池畑さん悄悄話

聽說，日本是全世界自動販賣機密度最高的國家，不僅是一般的罐裝飲料、香菸、麵包，甚至連店家的點餐也都使用自動販賣機。

不少連鎖的平價日式套餐、蓋飯店、拉麵店，甚至高速公路休息站的餐區，就算有服務生在門口招呼客人，但仍需由客人自己到自動販賣機購買餐券，再把餐券交給服務人員。或許，對於不喜與人交際的日本人，或是不懂日文的外國人（通常有附照片）來說非常便利，但有時也會覺得，店家有些冷淡呢！

🦉 超好用句型

❶	＿＿＿ が食<ruby>た<rt></rt></ruby>べたいです。	我想吃＿＿＿。
A	請試著在空格內填入以下食物，例如：野菜<ruby>や<rt></rt></ruby><ruby>さい<rt></rt></ruby> 野菜<ruby>や<rt></rt></ruby><ruby>さい<rt></rt></ruby>が食<ruby>た<rt></rt></ruby>べたいです。 キャベツ　　　カニ　　たこ　　エビ　　さかな　　果物<ruby>くだもの<rt></rt></ruby> パンケーキ　　シュークリーム　　パン　　デザート サンドイッチ　　アップルパイ　　パフェ　　どら焼<ruby>や<rt></rt></ruby>き	

> **池畑さん
悄悄話**

動詞＋たいです。→表示想要做某事
例如：食<ruby>た<rt></rt></ruby>べ＋たいです。→想要吃；見<ruby>み<rt></rt></ruby>＋たいです。→想要看。

❷	＿＿ⓐ＿＿ と ＿＿ⓑ＿＿ と、どちらが好<ruby>す<rt></rt></ruby>きですか？	＿ⓐ＿ 和 ＿ⓑ＿，你喜歡哪一個？
A	請試著在空格內填入以下組合，例如：ⓐ紅茶<ruby>こうちゃ<rt></rt></ruby>／ⓑコーラ 紅茶<ruby>こうちゃ<rt></rt></ruby>とコーラと、どちらが好<ruby>す<rt></rt></ruby>きですか。 ⓐ和菓子<ruby>わ<rt></rt></ruby><ruby>が<rt></rt></ruby><ruby>し<rt></rt></ruby>／ⓑ洋菓子<ruby>よう<rt></rt></ruby><ruby>が<rt></rt></ruby><ruby>し<rt></rt></ruby>　　ⓐビール／ⓑ焼酎<ruby>しょうちゅう<rt></rt></ruby>　　ⓐ清酒<ruby>せいしゅ<rt></rt></ruby>／ⓑワイン ⓐ麦茶<ruby>むぎちゃ<rt></rt></ruby>／ⓑ緑茶<ruby>りょくちゃ<rt></rt></ruby>　　　ⓐそば／ⓑうどん　　ⓐうな重<ruby>じゅう<rt></rt></ruby>／ⓑオムライス ⓐコロッケ／ⓑ餃子<ruby>ぎょうざ<rt></rt></ruby>　　ⓐ酒<ruby>さけ<rt></rt></ruby>／ⓑ甘酒<ruby>あまざけ<rt></rt></ruby>　　ⓐ抹茶<ruby>まっちゃ<rt></rt></ruby>／ⓑ玄米茶<ruby>げんまいちゃ<rt></rt></ruby>	

🦉 超好用句型

❸	Q： ⓐ と ⓑ と、 　　どちらが （形容詞ⓒ） ですか？	Q： ⓐ 和 ⓑ ， 　　哪一個 （形容詞ⓒ） ？ A： ⓐ の方が （形容詞ⓒ） です。 　　ⓐ 比較 （形容詞ⓒ） 。
A	請試著在空格內填入以下組合，例如：ⓐ 牛乳 ／ⓑ ココア／ⓒ 好き Q：牛乳とココアと、どちらが好きですか？ A：牛乳の方が好きです。 ＊方：並存的數個事物的其中一方。 ⓐこれ／ⓑそれ／ⓒ安い　　　　ⓐそば／ⓑうどん／ⓒ美味しい ⓐ電車／ⓑバス／ⓒ便利　　　　ⓐアイスクリーム／ⓑアイスコーヒー／ⓒ甘い ⓐコーヒー／ⓑ紅茶／ⓒ好き　　ⓐ宿題／ⓑテスト／ⓒ嫌い ⓐすし／ⓑお握り／ⓒうまい　　ⓐプリン／ⓑ茶碗蒸し／ⓒ柔らかい ⓐサラダ／ⓑ刺身／ⓒ好き　　　ⓐシュークリーム／ⓑ餡蜜／ⓒ甘い		

> **池畑さん悄悄話**

我要介紹一組非常實用、用來表達做某件事的「頻率」的單字。下面依照頻率高至低排列。請注意有些必須搭配肯定句，有些則要使用否定句，表示全部否定。

いつも→總是（肯定ます）

よく→經常（肯定ます）
時々→時常（肯定ます）

たまに→（不）怎麼（肯定ます／否定ません）

あまり→偶爾（否定ません）
全然→完全不（否定ません）

例：チーズケーキを食べます。（よく）→よくチーズケーキを食べます。

例：チーズケーキを食べます。（あまり）→あまりチーズケーキを食べません。

🍓 會話二 🎵 5-2

ケーキ屋で

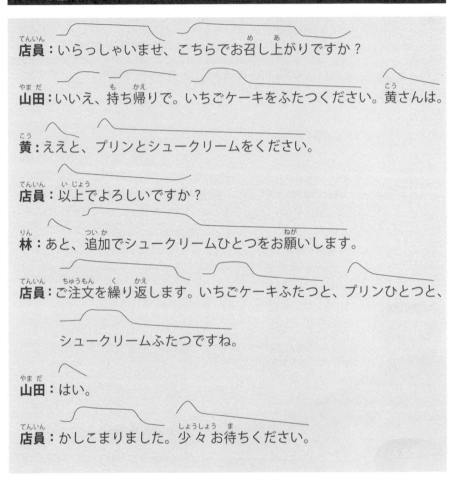

店員：いらっしゃいませ、こちらでお召し上がりですか？

山田：いいえ、持ち帰りで。いちごケーキをふたつください。黄さんは。

黄：ええと、プリンとシュークリームをください。

店員：以上でよろしいですか？

林：あと、追加でシュークリームひとつをお願いします。

店員：ご注文を繰り返します。いちごケーキふたつと、プリンひとつと、

シュークリームふたつですね。

山田：はい。

店員：かしこまりました。少々お待ちください。

🦋 請將上段對話譯成中文

在蛋糕店裡

店員：_____

山田：_____

黃　：_____

店員：_____

林　：_____

店員：_____

山田：_____

店員：_____

池畑さん
悄悄話

日本商店的稱呼有「～屋」跟「～店」（單講「店」唸みせ）兩種說法，基本上的分
別如下：
～屋：規模小，販售日常用品為主。例如：電気屋（電器店）、ケーキ屋（蛋糕店）、
本屋（書店）、八百屋（蔬果店）。
～店：規模大，屬新興產業或是連鎖店。例如：専門店（專門店）、喫茶店（咖啡館）、
百貨店(てん)（百貨商店）、本店／支店（總店／分店）。

❹	ⓐ を ⓑ 数量（使用つ） ください。	請給我 ⓐ ⓑ 個。
A	請試著在空格內填入以下組合，例如：ⓐラーメン／ⓑ 1 <u>ラーメン</u>をひとつください。 *單指「一個」的時候，「ひとつ」有時也可以省略。直接說：「ラーメンください。」即可。 ⓐそば／ⓑ 2　　　　ⓐうどん／ⓑ 6　　　ⓐ天丼（てんどん）／ⓑ 8 ⓐオムライス／ⓑ 5　ⓐコーヒー／ⓑ 10　ⓐ紅茶（こうちゃ）／ⓑ 9	

> **池畑さん 悄悄話**

許多學生曾跟我抱怨，日本的量詞太複雜，除了第三課介紹的こ（個）、本、冊、枚跟台外，還有頭、羽、匹等，實在太難記了。所以這裡要跟大家分享個好用的量詞，那就是「つ」。只要數字在 10 之內，都可以用「つ」來表示物品數量（～個）或是餐點份數（～份）。

當レストラン的店員問你：「いくつですか？」時，不管是そば、うどん、天丼（てんどん）、オムライス、コーヒー或是紅茶（こうちゃ），都可以回答：

1 份	2 份	3 份	4 份	5 份
ひとつ	ふたつ	みっつ	よっつ	いつつ
6 份	7 份	8 份	9 份	10 份
むっつ	ななつ	やっつ	ここのつ	とお

🍎 自我小測驗

一、聽ＣＤ選出正確的答案 🎧 MP3 5-3

1. （天丼・オムライス・ラーメン・うどん）が食べたいです。

2. （アップルパイ・パフェ・パンケーキ・パン）が食べたいです。

3. （和菓子・洋菓子・コロッケ・餃子）が食べたいです。

4. Q：宿題とテストと、どちらが嫌いですか。
 A：＿＿＿＿＿の方が嫌いです。

5. Q：電車とバスと、どちらが便利ですか。
 A：＿＿＿＿＿の方が便利です。

6. Q：みかんとももと、どちらが安いですか。
 A：＿＿＿＿＿の方が安いです。

二、聽 CD 寫出正確的數量 🎧 MP3 5-4

1. ラーメンを＿＿＿＿＿ください。

2. コーヒーを＿＿＿＿＿ください。

3. お茶を＿＿＿＿＿ください。

4. ジュースを＿＿＿＿＿ください。

5. 茶碗蒸しを＿＿＿＿＿ください。

6. 玄米茶を＿＿＿＿＿ください。

7. アップルパイを＿＿＿＿＿ください。

8. いちごケーキを＿＿＿＿＿ください。

9. 抹茶を＿＿＿＿＿ください。

10. どら焼きを＿＿＿＿＿ください。

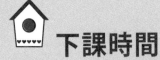 **下課時間**

這一陣子，許多日本知名的連鎖拉麵店紛紛到台灣設點，吹起了一股不小的拉麵風。或許是「囉嗦、頑固老爹形象（うるさいみせ）＝好吃的店（うまいみせ）」的印象太讓人深刻，有不少日本店家，都有自己的「吃麵規矩」。

以台灣人喜歡的「一蘭拉麵」為例，店內的格局就是將客人個別用小隔間隔開（很像K書中心），店家就是希望你能夠專心一致的享用自己眼前的這碗麵。

另一家以量大聞名的「二郎拉麵」，則是從店門前就不停的用海報警告你：「如果不是非常非常非常餓，請不要輕易嘗試」，因為店內的規矩就是一定要吃到一滴不剩，才對得起拉麵。如果你沒吃完，不僅店裡的師傅、工作人員不會給你好臉色看，連其他客人也會覺得你非常失禮。所以，要挑戰前請先衡量自己的胃袋。

此外，日本也有許多立食拉麵店，雖然規矩沒那麼多，但有一條不成文的潛規則，那就是得在15分鐘內吃完一碗麵。所以，如果你是怕燙的貓舌頭，或是吃飯喜歡細嚼慢嚥的人，就不推薦嘗試。對了！基本上，日本女生是不會去吃立食拉麵的，除了15分鐘內要吃完的壓力外，也因為站著吃的形象較不雅觀。

不過，各位到日本若想節省伙食費又想吃好料的，倒是可以試試立食拉麵店，或是可往大學附近尋找大眾食堂，特別是牆上有貼這些標語：「替玉無料」（かえだま む りょう）（加麵不用錢）跟「大盛りサービス」（おおも）（加大不加價）的店家，一定可以讓你吃得飽又滿足的！

第六課・終於踏進日本人的玄關

🍄 本課單字

單字（平假名）	單字	詞性	中文翻譯
しょうたいします	招待します	動	邀請
はは	母	名	（稱呼自己的）媽媽
かていりょうり	家庭料理	名	家常菜
みたいだ		助、動	好像（推測語氣）
あした	明日	名	明天
うち・いえ	家 🐦	名	家
しょくじ	食事	名	飯、餐點
きます	来ます	動	來
ほんとう	本当	名、形	真、真的
もちろん	勿論	副	當然
ともだち	友達	名	朋友
やくそくします	約束します	動	約定、約會
あって			因為～（前事）所以～（後事）
ごめん			對不起
ざんねん	残念	形	可惜的、遺憾的
けど		助	雖然、但是（逆接上下句關係）
また		副	再
こんど	今度	名	下次
いつ	何時 🐦	疑	什麼時候
～じ	～時	名	～點
はん	半	名	一半（用在時間就是半小時）

ころ or ごろ	頃	名	時候
おちゃのみずえき	御茶水駅	名	御茶水站（JR 東日本與東京地下鐵的鐵路車站）
から		助	從〜
あるきます	歩きます	動	走
〜ふん（ぷん）	〜分	名	〜分
ぐらい		副	大約、左右（同くらい）
まで		助	到〜
たのしみにしています	楽しみにしています		很期待
むかえます	迎えます	動	迎接
ホテル	hotel	名	飯店
さんぽします	散歩します	動	散步
はしります	走ります	動	跑
のります	乗ります	動	搭乘
きしゃ	汽車	名	火車
ただいま			我回來了
おかえりなさい	お帰りなさい		你回來了
こんばんは			你好（傍晚）
おじゃまします	お邪魔します		打擾了
どうぞ		副	請
あがります	上がります	動	上升、進入
パイナップルケーキ	Pineapple cake	名	鳳梨酥
くち	口	名	口、嘴
あいます	合います	動	適合
どう		疑	怎麼樣、如何
わかりません			不知道
あける	開ける	動	打開

わざわざ		副	特地、故意
りょこう	旅行	名	旅行
へや	部屋	名	房間
ひろい	広い	形	寬闊的；寬敞的
せまい	狭い	形	窄的
エスカレーター	escalator	名	手扶梯
ふるい	古い	形	舊的
あたらしい	新しい	形	新的
エレベーター	elevator	名	電梯
きたない	汚い	形	髒的
あつい	熱い	形	熱的
つめたい	冷たい	形	冷的
ぬるい	温い	形	溫的
すっぱい	酸っぱい	形	酸的
うすい	薄い	形	薄的
こい	濃い	形	濃的
チョコ（レート）	chocolate	名	巧克力
にがい	苦い	形	苦的

🐦 專欄

*「家」若指的是軟體的家庭、家裡人，發音是「うち」；若指的是硬
體的屋子，發音則是「いえ」。

*「何時」若發音是「いつ」，問的是「什麼時候」；若發音「なんじ」，
則是想問明確的「幾點」。

會話一 🎵 6-1

山田さんが黄さんと林さんを招待

山田：母が日本の家庭料理をご馳走したいみたい。

明日、私の家に食事に来ませんか？

黄：本当！もちろん行くよ。

山田：林さんも来てください。

林：あーあ、すみません、明日は友達と約束があって……ごめんね。

山田：そうですか、残念ですけど、また今度ですね。

黄：何時に行けばいいですか？

山田：5 時半頃来てくれる。

家は御茶水駅から歩いて 15 分ぐらいのところなんだ。

駅まで迎えに行くよ。

黄：はい、楽しみにしています。

🦋 請試著將上段對話譯成中文

山田邀請黃跟林到家裡作客

山田：＿＿＿＿＿＿＿＿＿＿＿＿＿＿＿＿＿＿＿＿＿

黃：＿＿＿＿＿＿＿＿＿＿＿＿＿＿＿＿＿＿＿＿＿

山田：＿＿＿＿＿＿＿＿＿＿＿＿＿＿＿＿＿＿＿＿＿

林：＿＿＿＿＿＿＿＿＿＿＿＿＿＿＿＿＿＿＿＿＿

山田：＿＿＿＿＿＿＿＿＿＿＿＿＿＿＿＿＿＿＿＿＿

黃：＿＿＿＿＿＿＿＿＿＿＿＿＿＿＿＿＿＿＿＿＿

山田：＿＿＿＿＿＿＿＿＿＿＿＿＿＿＿＿＿＿＿＿＿

黃：＿＿＿＿＿＿＿＿＿＿＿＿＿＿＿＿＿＿＿＿＿

池畑さん悄悄話

在第一課時我們就曾經提到，日本社會非常重視人與人之間的距離感及彼此的上下關係。所以一般來說，剛認識不久的朋友，都會先用敬語交談，直到慢慢熟悉了，才會改成常體。

不過這種轉變的時機很微妙，所以在這種「熟人以上，朋友未滿」的情況下，就常會出現「會話一」裡面，黃使用常體與敬體交雜對話的情況：

黃（こう）：本当（ほんとう）！もちろん行（い）くよ。（因為受邀太開心，所以冒出常體）
黃（こう）：何時（なんじ）に行（い）けばいいですか。（冷靜下來之後，又回到敬體）
黃（こう）：はい、楽（たの）しみにしています。（敬體）

🦉 超好用句型

❶	ⓐ地點 から ⓑ動詞 て形 ⓒ時間 ぐらいのところなんだ。 （＊なんだ是口語，なんです是敬語。）	從ⓐ（地點）出發，用ⓑ（走、搭車、開車等動詞），大約 ⓒ時間 會到。
A	請試著在空格內填入以下組合，例如：ⓐ御茶水駅／ⓑ歩く／ⓒ１５分 御茶水駅から歩いて　１５分ぐらいのところなんだ。 ⓐ会社／ⓑ歩く／ⓒ１5分；　　　　ⓐホテル／ⓑ散歩する／ⓒ６分； ⓐ学校／ⓑ走る／ⓒ１分；　　　　ⓐ空港駅／ⓑ電車に乗る／ⓒ５0分；	

池畑さん 悄悄話

在〈基礎篇〉的時候，kuma 桑提過日語許多漢字都是來自於中國，所以對於使用中文的台灣人來說，學起來會比較容易。但是反過來，有些漢字的外型雖然跟中文一樣，但意義卻大不同。

例如上面例句中：漢字「歩く」的意思是走，而漢字「走」的意思卻是跑。然後漢字的「汽車」指的是火車，而汽車在日語漢字則是「自動車」。

🦉 超好用句型

❷	Q：何時に行けばいいですか？ A：＿＿＿頃来くれる。 （＊くれる是口語，くれますか是敬語。）	什麼時候到比較好？ ＿＿＿左右來就可以了。

各種時間的唸法	1時　いちじ　　2時　にじ　　3時　さんじ　　4時　よじ 5時　ごじ　　　6時　ろくじ　　7時　しちじ　　8時　はちじ 9時　くじ　　　10時　じゅうじ　11時　じゅういちじ　　12時　じゅうにじ ＊二十四小時制說法： 13時　じゅうさんじ　14時　じゅうよじ　　15時　じゅうごじ 16時　じゅうろくじ　17時　じゅうななじ　18時　じゅうはちじ 19時　じゅうくじ　　20時　にじゅうじ　　21時　にじゅういちじ 22時　にじゅうにじ　23時　にじゅうさんじ　24時　にじゅうよじ

1分	いっぷん	11分	じゅういっぷん	10分	じゅっぷん じっぷん
2分	にふん	12分	じゅうにふん	20分	にじゅっぷん にじっぷん
3分	さんふん さんぷん	13分	じゅうさんふん じゅうさんぷん	30分	さんじゅっぷん さんじっぷん
				半	はん
4分	よんふん よんぷん	14分	じゅうよんふん じゅうよんぷん	40分	よんじゅっぷん よんじっぷん
5分	ごふん	15分	じゅうごふん	50分	ごじゅっぷん ごじっぷん
6分	ろっぷん	16分	じゅうろっぷん	60分	ろくじゅっぷん ろくじっぷん
7分	ななふん	17分	じゅうななふん	30分也可以用「半」表示，不過使用半的時候，就不用說「分」了。 例：「2時(じ)半(はん)です。」	
8分	はちふん はっぷん	18分	じゅうはちふん じゅうはっぷん		
9分	きゅうふん	19分	じゅうきゅうふん		

池畑さん
悄悄話

如果是使用 12 小時制講時間，為了避免誤會，可以在時間前面加上：

午前（上午）　午後（下午）　朝（早上）　昼（中午）　夜（晚上）
ごぜん　　　　ごご　　　　　あさ　　　　ひる　　　　　よる

另補充一些常用的時間名詞給大家參考：

去年	去年 （きょねん）	今年	今年 （ことし）	明年	来年 （らいねん）
昨天	昨日 （きのう）	今天	今日 （きょう）	明天	明日 （あした）
昨晚	昨夜 （ゆうべ）	今晚	今 （こんばん）	明晚	明日の晚 （あしたのばん）
上星期	先週 （せんしゅう）	這星期	今週 （こんしゅう）	下星期	来週 （らいしゅう）
上個月	先月 （せんげつ）	這個月	今月 （こんげつ）	下個月	来月 （らいげつ）
第一天	1日目 （いちにちめ）	第二天	2日目 （ふつかめ）	第三天	3日目 （みっかめ）
第四天	4日目 （よっかめ）	第五天	5日目 （いつかめ）	第六天	6日目 （むいかめ）
第七天	7日目 （なのかめ）	第八天	8日目 （ようかめ）	第九天	9日目 （ここのかめ）
第十天	十日目 （とおかめ）	前天	一昨日 （おととい）	後天	明後日 （あさって）
星期一	月曜日 （げつようび）	星期二	火曜日 （かようび）	星期三	水曜日 （すいようび）
星期四	木曜日 （もくようび）	星期五	金曜日 （きんようび）	星期六	土曜日 （どようび）
星期日	日曜日 （にちようび）				

會話二 🎵 6-2

山田家
（やまだ け）

山田（やまだ）：ただいま。

山田（やまだ）の母（はは）：お帰（かえ）りなさい。

黄（こう）：こんばんは、お邪魔（じゃま）します。

山田（やまだ）の母（はは）：こんばんは、どうぞ上（あ）がってください。

黄（こう）：あのですね、これは台湾（たいわん）のパイナップルケーキです。

お口（くち）に合（あ）うかどうかわかりませんが、どうぞお召（め）し上（あ）がりください。

山田（やまだ）の母（はは）：あ、ありがとう。開（あ）けてもいい。

黄（こう）：どうぞ。

山田（やまだ）の母（はは）：うあ、美味（おい）しそう、わざわざありがとうね。

黄（こう）：いいえ。

請將上段對話譯成中文

在山田家

山田：_____

山田媽媽：_____

黃：_____

山田媽媽：_____

黃：_____

山田媽媽：_____

黃：_____

山田媽媽：_____

黃：_____

> **池畑さん悄悄話**
>
> 為什麼「會話二」裡面，山田媽媽不說請進來，而是說「請上來」（上がってください）呢？這跟日本傳統建築格局與習慣有關。傳統的日本房子會在進門處留一塊空地，作為脫鞋子使用（因為日本室內多是木板或是榻榻米，所以是不穿鞋的），然後室內地板通常會比那塊土地高一些，所以才會說成：「請上來」。現在的房子或許已經沒有這樣的高低差，但習慣上還是會這麼講。
>
> 另外，わざわざ與せっかく兩個詞，都有特地、特意的意思，不過在使用情境上稍有不同：
>
> わざわざ：特地、特意；單單針對某事，特別做出的行為。
>
> せっかく：特意、難得、好不容易～卻；惋惜，對出乎意料的結果產生失望的情緒，或是對不能回應對方的好意而表達歉意。

🦉 超好用句型

❺	ⓐ(名詞) は ⓑ(形容詞) そうです。	「形容詞」接上「そう」，表示「好像～樣子」。
A	<い形>そうです。（おいし＋そう＝おいしそうです） <な形>そうです。 ＊請注意い形與な形的接續變化不同 請試著在空格內填入以下組合，例如：ⓐラーメン／ⓑおいしい <u>ラーメン</u>は<u>おいし</u>そうです。 ⓐ旅行／ⓑ面白い／ⓑつまらない　　　　ⓐ部屋／ⓑ広い／ⓑ狭い ⓐエスカレーター／ⓑ古い／ⓑ新しい　　ⓐエレベーター／ⓑ汚い／ⓑ綺麗 ⓐコーヒー／ⓑ熱い／ⓑ冷たい／ⓑ温い／　ⓐ宿題／ⓑ簡単／ⓑ難しい ⓐいちご／ⓑ酸っぱい／ⓑ甘い　　　　　ⓐ紅茶／ⓑ濃い／ⓑ薄い ⓐカニ／ⓑおいしい／ⓑまずい　　　　　ⓐチョコレート／ⓑ甘い／ⓑ苦い	

池畑さん 悄悄話

日本是個重視禮貌的國家，在日常生活中有一些常用的招呼語，以下依照幾個情境分類介紹，建議大家多將這些用語掛在嘴邊，會讓你成為有禮貌又受歡迎的客人喔～

日常招呼：

おはようございます　早安　　　　　　　こんにちは　你好（白天）

こんばんは　你好（傍晚）　　　　　　　お休みなさい　晚安（睡前）

到別人家或公司拜訪：

お邪魔します　打擾了　　　　　　　　　失礼します　打擾了（或是告辭了）

外出：

いってきます　我出門了　　　　　　　　いってらっしゃい　路上小心

回家：

ただいま　我回來了　　　　　　　　　　おかえりなさい　你回來了

用餐：

いただきます　我開動了（用餐前）　　　ご馳走様です　謝謝招待（用餐後）

🍎 自我小測驗

一、請聽 CD 寫出正確的答案 🎧 MP3 6-3

Q：<ruby>何時<rt>なんじ</rt></ruby>に<ruby>行<rt>い</rt></ruby>けばいいですか？

A：＿＿＿＿＿＿＿＿<ruby>頃<rt>ごろ</rt></ruby><ruby>来<rt>き</rt></ruby>てくれる。

1. ＿＿＿＿

2. ＿＿＿＿

3. ＿＿＿＿

4. ＿＿＿＿

5. ＿＿＿＿

6. ＿＿＿＿

二、請聽 CD 選出正確的答案 🎧 MP3 6-4

1. <ruby>旅行<rt>りょこう</rt></ruby>は ＿＿＿＿ そうです。　（<ruby>面白<rt>おもしろ</rt></ruby>い／つまらない）

2. コーヒーは ＿＿＿＿ そうです。　（<ruby>熱<rt>あつ</rt></ruby>い／<ruby>冷<rt>つめ</rt></ruby>たい／<ruby>温<rt>ぬる</rt></ruby>い）

3. <ruby>宿題<rt>しゅくだい</rt></ruby>は ＿＿＿＿ そうです。　（<ruby>簡単<rt>かんたん</rt></ruby>／<ruby>難<rt>むずか</rt></ruby>しい）

4. いちごは ＿＿＿＿ そうです。　（<ruby>酸<rt>す</rt></ruby>っぱい／<ruby>甘<rt>あま</rt></ruby>い）

5. エレベーターは ＿＿＿＿ そうです。　（<ruby>新<rt>あたら</rt></ruby>しい／<ruby>古<rt>ふる</rt></ruby>い）

 下課時間

日本人是個很怕麻煩別人的民族，所以到對方家裡作客，有些禮儀是一定要留意的。

首先是：絕對不可以遲到。日本是個很重視時間觀念的民族（雖然男女朋友約會時，好像總有一方會遲到），所以若跟對方約好時間拜訪，那就絕對不能遲到，甚至最好提早十分鐘到，以示尊重。

其次是：要帶「お土産」。若是從不同縣市來的，基本上都會選自己家鄉（地元）的特產或是小點心當伴手禮；若是住在附近的同學，有時也會帶自己媽媽做的食物。

第三：不可以宣揚送的禮物有多高級。送禮的時候，不管東西多高級，都要說：「只是一點小東西，不足掛齒。」若是送吃的，就要像「會話二」一樣，說：「不知道合不合您胃口，還請試試。」

基本上只要掌握以上三個原則，你就會是個有禮貌、受歡迎的客人。

最後要分享一個 kuma 桑家比較特別的禮儀，那就是我母親會囑咐我們到別人家拜訪時，要多帶一雙「乾淨的襪子」，因為擔心腳有異味會影響別人。畢竟日本大部分室內都是「土足禁止」（請脫鞋），所以到日本遊玩時，不妨多帶幾雙襪子備用，不僅自己覺得清爽，還可避免異味造成尷尬。

第七課・我的家庭真可愛！

🍄 本課單字

單字（平假名）	單字	詞性	中文翻譯
かぞく	家族	名	家人
なんにん	何人	疑	幾人
りょうしん	両親	名	雙親
ちち	父	名	（稱呼自家的）爸爸
おとうさん	お父さん	名	爸爸
はは	母	名	（稱呼自家的）媽媽
おかあさん	お母さん	名	媽媽
あに	兄	名	（稱呼自家的）哥哥
おにいさん	お兄さん	名	哥哥
あね	姉	名	（稱呼自家的）姊姊
おねえさん	お姉さん	名	姊姊
おとうと	弟	名	（稱呼自家的）弟弟
おとうとさん	弟さん	名	弟弟
いもうと	妹	名	（稱呼自家的）妹妹
いもうとさん	妹さん	名	妹妹
きょうだい	兄弟	名	兄弟姊妹；手足
いちばんうえ	1番上		排行第一的；最大的
にばんめ	2番目		排行第二的

いっしょ	一緒	名	一起
コンピューター	computer	名	電腦
かんけい	関係	名	相關
しごと	仕事	名	工作
より			比起來
へた	下手	形	不擅長
とんでもないです	你過獎了		（客氣的回應誇獎）
そんなことはありません			沒有的事（客氣的回應誇獎）
じょうず	上手	形	擅長
とくい	得意	形	拿手
おどり	踊り	名	跳舞
えいご	英語	名	英文
すいえい	水泳	名	游泳
うた	歌	名	唱歌
つり	釣り	名	釣魚
しつ	室	名	房間
ほっかいどう	北海道	名	北海道
すずしい	涼しい	形	涼爽的
おそい	遅い	形	慢的
はやい	速い	形	快的
いちご	苺	名	草莓
レモン	lemon	名	檸檬

けっこんします	結婚します	動	結婚
おこさん	お子さん	名	孩子
こども	子供	名	（稱呼自家的）孩子
むすめ	娘	名	（稱呼自家的）女兒
むすめさん	娘さん	名	女兒
むすこ	息子	名	（稱呼自家的）兒子
むすこさん	息子さん	名	兒子
いくつ		疑	幾歲
めいっこ	姪っ子	名	姪女、外甥女
おいっこ	甥っ子	名	姪子、外甥
どうぶつ	動物	名	動物
だいすき	大好き	形	非常喜歡
ねこ	猫	名	貓
むし	虫	名	昆蟲
パソコン	Personal computer	名	個人電腦
おんがく	音楽	名	音樂
さくぶん	作文	名	寫作
ひこうき	飛行機	名	飛機

🍓 會話一　🎵 7-1

山田家でご飯を食べながら

山田の母：ご家族は何人ですか？

黄：6人です。両親と兄と妹2人がいます。

山田の母：ご兄弟も学生ですか？

黄：いいえ、一番上の妹は看護士です。二番目の妹と兄は会社員です

いま、父と一緒にコンピューター関係の仕事をしいています。

山田の母：それはすごいですね。

黄：とんでもないです。

山田の母：お母さんも主婦ですか？

黄：はい、でもおばさんより、料理が下手ですね。

山田の母：うふふ、そんなことはありませんよ。

🐝 請試著將上段對話譯成中文

在山田家用餐

山田媽媽：＿＿＿＿＿＿＿＿＿＿＿＿＿＿＿＿＿＿＿＿＿＿＿

黃：＿＿＿＿＿＿＿＿＿＿＿＿＿＿＿＿＿＿＿＿＿＿＿＿＿＿＿

山田媽媽：＿＿＿＿＿＿＿＿＿＿＿＿＿＿＿＿＿＿＿＿＿＿＿

黃：＿＿＿＿＿＿＿＿＿＿＿＿＿＿＿＿＿＿＿＿＿＿＿＿＿＿＿

山田媽媽：＿＿＿＿＿＿＿＿＿＿＿＿＿＿＿＿＿＿＿＿＿＿＿

黃：＿＿＿＿＿＿＿＿＿＿＿＿＿＿＿＿＿＿＿＿＿＿＿＿＿＿＿

山田媽媽：＿＿＿＿＿＿＿＿＿＿＿＿＿＿＿＿＿＿＿＿＿＿＿

黃：＿＿＿＿＿＿＿＿＿＿＿＿＿＿＿＿＿＿＿＿＿＿＿＿＿＿＿

山田媽媽：＿＿＿＿＿＿＿＿＿＿＿＿＿＿＿＿＿＿＿＿＿＿＿

不同於中文，日語中對於家族成員的稱呼，有講自己和稱呼對方的差別，列給大家參考：

稱呼自己的家族成員		中譯	稱呼別人的家族成員	
そふ 祖父	そぼ 祖母	爺爺、奶奶 外公、外婆	じい お爺さん	ばあ お婆さん
ちち 父	はは 母	爸爸 / 媽媽	とう お父さん	かあ お母さん
あに 兄	おとうと 弟	哥哥 / 弟弟	にい お兄さん	おとうと 弟 さん
あね 姉	いもうと 妹	姊姊 / 妹妹	ねえ お姉さん	いもうと 妹 さん
おっとしゅじん 夫 主人	つま かない 妻 家内	丈夫 / 妻子	しゅじん ご主人	おく 奥さん
むすこ 息子	むすめ 娘	兒子 / 女兒	むすこ 息子さん	むすめ 娘さん
おじ おじ 伯父 叔父	おば おば 伯母 叔母	伯伯、叔叔、舅舅 伯母、叔母 姑姑、阿姨	おじ 伯父さん 叔父さん	おば 伯母さん おじ 叔母さん

此外，所有的堂、表兄弟都稱為：いとこ，
めい こ
姪女、外甥女都稱：姪っ子；
おい こ
姪子、外甥則稱：甥っ子。

🦉 超好用句型

❶	Q：___ⓐ___ は何人（なんにん）いますか？ A：___ⓑ___ 人います／いません。	Q：___ⓐ___ 有幾個人？ A：有___ⓑ___人。／沒有人。
A	請試著在空格內填入以下組合，例如：ⓐ兄弟／ⓑ 2 Q：兄弟（きょうだい）は何人（なんにん）いますか？ A：2 人います。 ⓐ兄弟（きょうだい）／ⓑ 3　　　　ⓐ弟（おとうと）さん／ⓑ 1 ⓐお兄（にい）さん／ⓑ 1　　　ⓐ妹（いもうと）さん／ⓑ 2 ⓐ家族（かぞく）／ⓑ 5　　　　ⓐお姉（ねえ）さん／ⓑ 0 ⓐ兄弟（きょうだい）／ⓑ 6　　　ⓐ家族（かぞく）／ⓑ 4	

池畑さん 悄悄話

以下是常用的人數唸法：

1人	ひとり	6人	ろくにん
2人	ふたり	7人	しちにん
3人	さんにん	8人	はちにん
4人	よにん	9人	きゅうにん
5人	ごにん	10人	じゅうにん

🦉 超好用句型

❷	___ⓐ___ より、 ___ⓑ___ が ___ⓒ___ です。	跟ⓐ比起來，ⓑ比較ⓒ。
A	請試著在空格內填入以下組合，例如：ⓐおばさん／ⓑ料理（りょうり）／ⓒ下手（へた） おばさんより、料理（りょうり）が下手（へた）です。 ⓐ姉（あね）／ⓑ踊（おど）り／ⓒ上手（じょうず）　　ⓐ弟（おとうと）／ⓑコンピューター／ⓒ得意（とくい） ⓐ兄（あに）／ⓑ英語（えいご）／ⓒ下手（へた）　　ⓐお母（かあ）さん／ⓑ水泳（すいえい）／ⓒ上手（じょうず） ⓐ妹（いもうと）／ⓑ歌（うた）／ⓒ得意（とくい）　　ⓐお父（とう）さん／ⓑ釣（つ）り／ⓒ下手（へた）	

❸	___ⓐ___ は ___ⓑ___ より ___ⓒ___（形容詞） です。	ⓐ比ⓑ更ⓒ（形容詞）。
A	請試著在空格內填入以下組合， 例如：ⓐ 210室（しつ）／ⓑ 310室（しつ）／ⓒ広（ひろ）い 210室（しつ）は 310室（しつ）より広（ひろ）いです。 ⓐ北海道（ほっかいどう）／ⓑ台湾（たいわん）／ⓒ涼（すず）しい　　ⓐマンガ／ⓑ小説（しょうせつ）／ⓒ安（やす）い ⓐバス／ⓑタクシー／ⓒ遅（おそ）い　　ⓐうな重（じゅう）／ⓑオムライス／ⓒ高（たか）い ⓐ苺（いちご）／ⓑレモン／ⓒ甘（あま）い　　ⓐエレベーター／ⓑエスカレーター／ⓒ速（はや）い	

山田家で
<small>やまだけ</small>

黄：山田さんのお姉さんは結婚していらっしゃいますか？

山田：はい、結婚しています。

黄：お子さんはいますか？

山田：そうですね、娘が一人、息子が一人います。とても可愛いですね。

黄：娘さんと息子さんはおいくつですか？

山田：姪っ子は五歳で、甥っ子は三歳です。二人とも動物か大好きです。

黄：何の動物ですか？

山田：姪っ子は猫が好きです、甥っ子は虫が大好きです。

黄：ええ、虫は動物じゃないですよ。私は虫が嫌いですね。

🐝 請試著將上段對話譯成中文

在山田家

黃：＿＿＿＿＿＿＿＿＿＿＿＿＿＿＿＿＿＿＿＿＿＿＿＿

山田：＿＿＿＿＿＿＿＿＿＿＿＿＿＿＿＿＿＿＿＿＿＿＿

黃：＿＿＿＿＿＿＿＿＿＿＿＿＿＿＿＿＿＿＿＿＿＿＿＿

山田：＿＿＿＿＿＿＿＿＿＿＿＿＿＿＿＿＿＿＿＿＿＿＿

黃：＿＿＿＿＿＿＿＿＿＿＿＿＿＿＿＿＿＿＿＿＿＿＿＿

山田：＿＿＿＿＿＿＿＿＿＿＿＿＿＿＿＿＿＿＿＿＿＿＿

黃：＿＿＿＿＿＿＿＿＿＿＿＿＿＿＿＿＿＿＿＿＿＿＿＿

山田：＿＿＿＿＿＿＿＿＿＿＿＿＿＿＿＿＿＿＿＿＿＿＿

黃：＿＿＿＿＿＿＿＿＿＿＿＿＿＿＿＿＿＿＿＿＿＿＿＿

池畑さん 悄悄話

動詞＋ています，表示動作正在持續進行中，或是在說話的當時，某個狀態持續中的意思。在「會話二」裡，山田回答姊姊：「結婚しています」，意思是姊姊現在是已婚。如果用過去式「結婚しました」，一定要加上時間，例如：「姉は去年結婚しました。」若不加時間，可能會被認為是以前結過婚，現在是單身狀態，要特別注意唷！

🦉 超好用句型

❹	Q：__ⓐ__ はおいくつですか？ A：__ⓐ__ は __ⓑ__ です。	__ⓐ__ 幾歳？ __ⓐ__ __ⓑ__ 歳。
A	請試著在空格內填入以下組合，例如：ⓐ姪っ子／ⓑ 3 Q：姪っ子さんはおいくつですか？ A：姪っ子は 3 歳です。 ＊問歲數也可用__ⓐ__は何歳ですか。 ⓐお爺さん／ⓑ 60　　ⓐ妹さん／ⓑ 8　　ⓐ娘さん／ⓑ 10 ⓐお兄さん／ⓑ 20　　ⓐ奥さん／ⓑ 35　　ⓐお父さん／ⓑ 55	

池畑さん 悄悄話

在日本，我們都是算實歲，也就是出生是 0 歲，一直到隔年生日才算是 1 歲，跟台灣有時候會算虛歲（一出生就 1 歲）不同。

以下是常用的歲數唸法：

1 歲	いっさい	2 歲	にさい	3 歲	さんさい
4 歲	よんさい	5 歲	ごさい	6 歲	ろくさい
7 歲	ななさい	8 歲	はっさい	9 歲	きゅうさい
10 歲	じゅっさい	11 歲	じゅういっさい	16 歲	じゅうろくさい
20 歲	はたち	30 歲	さんじゅっさい	何歲	なんさい

若你不想報上實際歲數，也可以回答 20 幾歲、30 幾歲，或是 30 左右、40 左右。日語說法如下：

二十代（二十幾歲）：二十代半ば（二十五歲上下）
三十代（三十幾歲）：三十代半ば（三十五歲上下）
四十代（四十幾歲）：四十代半ば（四十五歲上下）

アラサー（around thirty；三十歲左右）アラフォー（around forty；四十歲左右）
アラファイブ（around fifty；五十歲左右）

在日本有幾個特定歲數，是會到神社參拜的，包括大家較熟悉的七五三節（每年 11 月 15 日，凡是家裡有 3 歲或 5 歲的男孩，3 歲或 7 歲的女孩，便會帶到神社參拜，祈求小孩能健康成長），以及厄年（やくどし，男性 25 歲、42 歲、61 歲；女性 19 歲、33 歲、61 歲。）。此外，也有幾個歲數會特別慶祝，包括：60 歲（還曆）、77 歲（喜寿）、88 歲（米寿），以及 99 歲（白寿）。

🦉 超好用句型

❺	Q： ⓐ は ⓑ が好きですか？ A： ⓐ は ⓑ が好きです。 　／ ⓐ は ⓑ が嫌いです。 　ⓐ 喜歡 ⓑ ／ ⓐ 討厭 ⓑ	＿＿ⓐ喜歡＿＿ⓑ嗎？
A	請試著在空格內填入以下組合，例如：ⓐ姪っ子／ⓑ猫・好き 姪っ子は猫が好きです。 ⓐ 娘 ／ⓑパソコン・好き　　ⓐ 妹 ／ⓑ音楽・好き ⓐ 弟 ／ⓑ作文・嫌い　　　ⓐ兄 ／ⓑコーヒー・嫌い ⓐ息子／ⓑ日本料理・好き　ⓐ姪っ子／ⓑ飛行機・嫌い	

🍎 自我小測驗

1.Q：兄弟は何人いますか？　　　A：___人います。
2.Q：お兄さんは何人いますか？　　A：___人います。
3.Q：家族は何人いますか？　　　A：___人います。
4.Q：お姉さんは何人いますか？　　A：___人います。
5.Q：お子さんは何人いますか？　　A：___人います。

1. おばさんより、料理が___です。(下手／上手／得意)
2. 兄より、英語が___です。(下手／上手／得意)
3. 弟より、コンピューターが___です。(苦手／得意)
4. お母さん、踊りが___です。(下手／上手／得意)
5. お父さん、釣りが___です。(下手／上手／得意)

1. 娘は猫が____です。(好き／嫌い)
2. 妹は音楽が____です。
3. 弟は作文が____です。
4. 姪っ子は飛行機が____です。
5. 息子は日本料理が____です。

 下課時間

不管是台灣還是日本，關於親戚的稱呼都很複雜，這或許是因為雙方都深受儒家倫理思想的影響。不過日本跟台灣不同的是，稱呼差異是看對自家人還是對別人，台灣則是分爸爸那邊還是媽媽那邊。

至於因結婚而結為親戚的姻親，台灣會分：公公、婆婆、岳父、岳母、姊（妹）夫、大（小）姑、嬸（嫂）、姑（姨）丈……稱呼既多又複雜，kuma 桑每次遇到太太家的家族聚會，就會傷透腦筋！而在日本就相對簡單，只要在稱呼上加上「義理の」即可，例如：義理の兄、義理の母、義理の両親。

順帶一提，媳婦的日語是「嫁」、女婿是「婿」。此外，漢字「姑」在日語中不是姑姑的意思，而是指婆婆、岳母；漢字「娘」不是媽媽，而是指女兒。千萬不要被中文影響而誤會了唷！

第八課・日本人這樣過節、那樣慶祝

🍄 本課單字

單字（平假名）	單字	詞性	中文翻譯
コンビニ	convenience store	名	便利商店
ふとい	太い	形	粗的
まきずし	巻き寿司	名	壽司捲
とくべつ	特別	形	特別
えほうまき	恵方巻	名	恵方卷
おおさか	大阪	名	大阪
うまれます	生まれます	動	誕生
せつぶん	節分	名	節分
えんぎ	縁起	名	縁起、吉凶的前兆
よい	良い	形	好的
むかし	昔	名	以前
ゆうめい	有名	形	有名
ぜんこく	全国	名	全國
はつみみ	初耳	名	初次聽到
おに	鬼	名	鬼
ふく	福	名	福氣
そと	外	名	外面
うち	内	名	裡面

どういう			怎麼樣的、什麼樣的
いみ	意味	名	意思、用意
でんとう	伝統	名	傳統
ふうしゅう	風習	名	風俗習慣
わるい	悪い	形	不好的
という			這樣的
しります	知ります	動	知道、懂得
けっきょく	結局	副	終究、追根究柢
がつ	月	名	月份
～で		助	在～範圍
いちばん	一番	副	最
たいせつ	大切	形	重要、貴重
まつり	祭	名	節日
こごえ	小声	名	小聲、低聲
じっさい	実際	副	實際上
バレンタインデー	Valentine's Day	名	情人節
はこだて	函館	名	函館
いつも		副	總是
プレゼント	present	名	禮物
わたします	渡します	動	交給
ドキドキ		擬態	心怦怦地跳
イチゴチョコ		名	草莓巧克力

ぎり	義理	名	情意、人情
あじ	味	名	味道
こい	恋	名	戀情
おと	音	名	聲音、讀音
しずか	静か	形	安靜的
かるい	軽い	形	輕的
ベッド	bed	名	床
あたらしい	新しい	形	新的
おおきい	大きい	形	大的
くさい	臭い	形	臭的
しんせん	新鮮	形	新鮮的
かれし	彼氏	名	男朋友
すなお	素直	形	率直的、率真的
しんせつ	親切	形	親切的
ねっしん	熱心	形	有熱誠的

會話一 🎤 8-1

コンビニで

黄：えー、この太い巻き寿司は特別ですね。

山田：ああ、それは恵方巻き、大阪生まれの節分料理です。

　　　縁起が良い料理ですね。昔は大阪地方で有名でした、

　　　今は全国で有名です。

黄：それは初耳です。節分の「鬼は外」「福は内」と言って、

　　　そして自分の年の数より多く豆を食べませんか？

山田：はい、それは伝統の風習です。

　　　でも、黄さんは凄い、よく知ってますね。

黄：とんでもないです。でも節分は2月の一番大切な祭りですよね。

山田：（小声）あの、実際に2月の大切な祭りは

　　　バレンタインデーですよ。

黄：えー、何ですか。

山田：あー、何でもないです。

🐦 專欄

補充說明

＊節分＝伝統行事，所以正確說法應該是「大事な行事ですね」。

バレンタイン＝イベント（活動），所以正確說法應該是「大切なイベントは......」。

祭指的是在地方上的神社或寺廟舉辦的祭典，有神轎、攤販等等的活動。

＊因為黃同學是外國人，所以山田沒有糾正她錯誤的說法。

🐝 請試著將上段對話譯成中文

在便利商店

黃：＿＿＿＿＿＿＿＿＿＿＿＿＿＿＿＿＿＿＿＿＿＿＿＿＿

山田：＿＿＿＿＿＿＿＿＿＿＿＿＿＿＿＿＿＿＿＿＿＿＿＿＿

黃：＿＿＿＿＿＿＿＿＿＿＿＿＿＿＿＿＿＿＿＿＿＿＿＿＿

山田：＿＿＿＿＿＿＿＿＿＿＿＿＿＿＿＿＿＿＿＿＿＿＿＿＿

黃：＿＿＿＿＿＿＿＿＿＿＿＿＿＿＿＿＿＿＿＿＿＿＿＿＿

山田：＿＿＿＿＿＿＿＿＿＿＿＿＿＿＿＿＿＿＿＿＿＿＿＿＿

黃：＿＿＿＿＿＿＿＿＿＿＿＿＿＿＿＿＿＿＿＿＿＿＿＿＿

山田：＿＿＿＿＿＿＿＿＿＿＿＿＿＿＿＿＿＿＿＿＿＿＿＿＿

池畑さん悄悄話

形容詞除了可以用來形容名詞，也可以轉變詞性用來形容動詞。在會話一裡出現的形容詞「良い」（同いい），用來形容名詞「料理」時，直接寫成「良い料理」即可。而當他形容動詞「知ります」時，就要將字尾的「い」去掉，改成「く」，變成「よく」→「よく知っています」。

🦉 超好用句型

❶	____ⓐ____ は____ⓑ____で____ⓒ____です。	____ⓐ____在____ⓑ____是____ⓒ____。

A	請試著在空格內填入以下組合，例如：ⓐ節分／ⓑ2月／ⓒ一番大切な祭 節分は2月で一番大切な祭りです。 ⓐクリスマス／ⓑ12月／ⓒ大切な祭り ⓐ今／ⓑ全国／ⓒ有名 ⓐ函館の夜景／ⓑ北海道／ⓒ一番綺麗な ⓐ東京スカイツリー／ⓑ日本／ⓒ一番高い

池畑さん悄悄話

日本人是個重視禮節的國家，對於節日跟送禮當然也是非常講究（雖然也有人認為這是廠商的操作）。但總之若對於朋友的生日，或是特殊紀念日多加留意，並且在那天給對方一個小驚喜，一定可以增進彼此的關係。

要問對方日期，可用以下句型：

Q：_____はいつですか？　　Q：____是什麼時候？

A：_____です。　　　　　　A：是____月____日。

例如：

Q：黄さんの誕生日はいつですか？　A：1月1日です。

（Q：黃的生日是什麼時候？　A：是1月1日。）

Q：林さんの結婚式はいつですか？　A：12月24日です。

（Q：林的婚禮是什麼時候？　A：是12月24日。）

另附上十二個月與三十一天的念法：

一月	いちがつ	七月	しちがつ
二月	にがつ	八月	はちがつ
三月	さんがつ	九月	くがつ
四月	しがつ	十月	じゅうがつ
五月	ごがつ	十一月	じゅういちがつ
六月	ろくがつ	十二月	じゅうにがつ

池畑さん
悄悄話

一日	ついたち	十一日	じゅういちにち	二十一日	にじゅういちにち
二日	ふつか	十二日	じゅうににち	二十二日	にじゅうににち
三日	みっか	十三日	じゅうさんにち	二十三日	にじゅうさんにち
四日	よっか	十四日	じゅうよっか	二十四日	にじゅうよっか
五日	いつか	十五日	じゅうごにち	二十五日	にじゅうごにち
六日	むいか	十六日	じゅうろくにち	二十六日	にじゅうろくにち
七日	なのか	十七日	じゅうしちにち	二十七日	にじゅうしちにち
八日	ようか	十八日	じゅうはちにち	二十八日	にじゅうはちにち
九日	ここのか	十九日	じゅうくにち	二十九日	にじゅうくにち
十日	とおか	二十日	はつか	三十日	さんじゅうにち
				三十一日	さんじゅういちにち

2月14日 （に がつ じゅう よっか）

黄（こう）：山田（やまだ）さん、あの、いつもお世話（せわ）になって、

　　ありがとうございました。（プレゼントを渡（わた）します。）

山田（やまだ）：ええー、そ…それは…チ…チョコですか？

　　　　（山田（やまだ）はドキドキです。）

黄（こう）：はい、これはイチゴチョコ。あ、もちろん義理（ぎり）チョコです。

山田（やまだ）：ははは、そ…そうですね。

黄（こう）：山田（やまだ）さんはチョコが嫌（きら）いですか？

山田（やまだ）：いいえ、チョコは甘（あま）くて苦（にが）い。

　　そんな濃（こ）い味（あじ）は大好（だいす）きですよ。（濃（こ）いと恋（こい）、同（おな）じ音（おと））

黄（こう）：それは良（よ）かったですね。

請將上段對話譯成中文

2月14日

黃：＿＿＿＿＿＿＿＿＿＿＿＿＿＿＿＿＿＿＿＿＿＿（把禮物交給他）

山田：＿＿＿＿＿＿＿＿＿＿＿＿＿＿＿＿＿＿＿＿＿（山田心怦怦地跳）

黃：＿＿＿＿＿＿＿＿＿＿＿＿＿＿＿＿＿＿＿＿＿＿＿

山田：＿＿＿＿＿＿＿＿＿＿＿＿＿＿＿＿＿＿＿＿＿＿

黃：＿＿＿＿＿＿＿＿＿＿＿＿＿＿＿＿＿＿＿＿＿＿＿

山田：＿＿＿＿＿＿＿＿＿＿＿＿＿＿＿＿＿＿（濃與戀同音）

黃：＿＿＿＿＿＿＿＿＿＿＿＿＿＿＿＿＿＿＿＿＿＿＿

池畑さん悄悄話

在第四課有提過，形容詞有形容詞「い形」跟形容動詞「な形」兩種，如果一個句子裡需要使用兩個形容詞的話，連接的規則如下：

い形＋い形→第一個い形去掉「い」，換成「くて」，第二個不變。
例如：甘い＋苦い→甘くて苦い。

い形＋な形→第一個い形去掉「い」，換成「くて」，な形使用詞幹。
例如：広い＋静かだ→広くて静か。

な形＋な形→第一個詞的語尾「だ」，換成「で」，第二個詞的語尾保留。
例如：便利だ＋綺麗だ→便利で綺麗だ。

な形＋い形→第一個詞的語尾「だ」，換成「で」，第二個不變。
例如：静かだ＋広い→静かで広い。

🦉 超好用句型

❶	<u>ⓐ（名詞）</u> は <u>ⓑ（形）</u> <u>ⓒ（形）</u> です。	<u>ⓐ（名詞）</u> 是 <u>ⓑ（形）</u> 且 <u>ⓒ（形）</u> 的。
A	請試著在空格內填入以下組合，例如：ⓐチョコ／ⓑ甘い／ⓒ苦い チョコは甘くて苦いです。 ⓐ本／ⓑ薄い／ⓒ軽い　　ⓐベッド／ⓑ新しい／ⓒ大きい ⓐ部屋／ⓑ広い／ⓒ綺麗　　ⓐバス／ⓑ安い／ⓒ便利 ⓐトイレ／ⓑ臭い／ⓒ狭い　　ⓐ桃／ⓑ新鮮／ⓒ美味しい ⓐ彼氏／ⓑ元気／ⓒ素直　　ⓐ店員／ⓑ親切／ⓒ熱心	

池畑さん 悄悄話

在日文裡，除了用形容詞形容事物的狀態、心情或是聲音等等，還可使用「擬態、擬聲語」。「擬態語」類似中文裡的光溜溜、閃亮亮、鬆軟軟；「擬聲語」則像是狗叫（汪汪）、貓叫（喵喵），或是下雨聲（稀哩嘩啦）。

在會話二裡，山田因為收到情人節禮物所以小鹿亂撞，這裡就使用了心跳的擬聲語「ドキドキ」。

下面介紹一些跟心情有關的擬態語，對話時善加利用這些詞，可以讓你更貼近日本人喔！

きゅん→心突然揪一下

ずたずた→心碎

かりかり→怒氣沖沖

うきうき→興高采烈，期待要去做某事

むずむず→迫不及待想去做某事

わくわく→期待已久的事即將實現，興奮不已

🍎 自我小測驗

一、聽CD寫出正確的答案　MP3 8-3

1. Q：黄さんの誕生日はいつですか？

   A：＿＿＿月＿＿＿日です。

2. Q：林さんの結婚式はいつですか？

   A：＿＿＿月＿＿＿日です。

3. Q：雛祭りはいつですか？

   A：＿＿＿月＿＿＿日です。

4. Q：節分はいつですか？

   A：＿＿＿月＿＿＿日です。

5. Q：バレンタインデーはいつですか？

   A：＿＿＿月＿＿＿日です。

二、請在空格內填入正確的詞彙

1. 本は（　　　　　　　）です。　（薄い／軽い）

2. バスは（　　　　　　　）です。　（安い／便利）

3. ベッドは（　　　　　　　）です。　（新しい／大きい）

4. 桃は（　　　　　　　）です。　（新鮮／美味しい）

5. 部屋は（　　　　　　　）です。　（広い／綺麗）

6. 彼氏は（　　　　　　　）です。　（元気／素直）

⌂ 下課時間

曾有朋友羨慕的跟我說，日本的假日（休日<ruby>きゅうじつ</ruby>）非常多，真是幸福。其實日本的假日並沒有特別多，大概是因為有幾個連假較長（例如：ゴールデンウィーク、夏休み<ruby>なつやす</ruby>），所以才會被誤會。

日本有些跟台灣不同的節日，像是會話一裡出現的節分（節分<ruby>せつぶん</ruby>），或是成年日（成人の日<ruby>せいじん ひ</ruby>）、女兒節（雛祭り<ruby>ひなまつ</ruby>）、七五三節（七五三<ruby>しち ご さん</ruby>），當然也有相似的，像是除夕（大晦日<ruby>おおみそ か</ruby>）、新年（元旦<ruby>がんたん</ruby>）、七夕（七夕<ruby>たなばた</ruby>）、盂蘭盆節（お盆<ruby>ぼん</ruby>）等，以下就依照時序跟大家介紹一些比較特別的日本節日與慶典內容。

日期	節日	慶典內容
1月1日	新年（元旦<ruby>がんたん</ruby>）	會到神社進行新年參拜（初詣<ruby>はつもうで</ruby>），然後給小孩子壓歲錢（お年玉<ruby>としだま</ruby>），相較於台灣給的是紅包，日本給的是白包，因為白色在日本代表吉祥。
1月的第二個星期一（1月の第2月曜<ruby>がつ だい</ruby>日）	成年日（成人の日<ruby>せいじん ひ</ruby>）	市政府會為年滿 20 歲的青年，舉辦成年禮儀式。女孩子們的振袖和服是一大看點。
2月3日	節分（節分<ruby>せつぶん</ruby>）	事實上立春、立夏、立秋、立冬的前一天都是節分，但是這裡特指的是立春的前一天。傳統習俗是一灑豆子，一邊喊：「鬼在外，福進來」。然後吃下比自己歲數多一顆的豆子數量，就可以消災解厄。
2月14日	情人節（バレンタインデー）	這是日本人發明的節日，女生可在這天送喜歡的男生巧克力表白。
3月3日	女兒節（雛祭り<ruby>ひなまつ</ruby>）	有女孩兒的家庭會在這天在家中擺設「雛壇」，祝福女孩子平安、健康長大。

3 月 14 日	白色情人節 （ホワイトデー）	這也是日本人發明的節日，在情人節收到巧克力的男生，要在這天回禮。
4 月底～ 5 月初	黃金週 （ゴールデンウィーク）	是日本在 4 月至 5 月間的多個節日組成的公眾假期。
5 月 5 日	兒童節（こどもの日）	原來是端午節，後來改為兒童節（男兒節），有兒子的家庭會懸掛鯉魚旗，象徵克服困難、順利成長。
7 月 7 日	七夕（七夕）	日本在明治維新後，將原本農曆的 7 月 7 日，改為公曆 7 月 7 日，不過有些地區（例如：京都）還是過農曆。日本各地有大大小小的七夕祭，號稱日本三大七夕祭是：仙台、平塚、一宮。
8 月 15 日前後	盂蘭盆節（お盆）	相當於台灣的中元節，日本企業、公司一般都會放假一周左右，稱為「盆休」，很多出門在外工作的日本人都在選擇利用這個假期返鄉團聚祭祖。最有名的祭典是京都的五山送火。
11 月 15 日	七五三節（七五三）	是日本所謂的傳統兒童節。
12 月 24 日・25 日	聖誕節（クリスマス）	近年已成為日本相當重要的約會日。
12 月 31 日	除夕（大晦日）	一般台灣人比較熟悉的是，NHK 會在這天舉辦紅白歌唱大賽（紅白歌合戰），傳統則是晚上 12 點後寺廟會敲 108 下「除夜の鐘」，在此同時吃下跨年麵（年越しそば），迎接新的一年的到來。

第九課 · 外銷台灣，就靠你了！

🍄 本課單字

單字（平假名）	單字	詞性	中文翻譯
くうこう	空港	名	機場
しゅっぱつロビー	出発 lobby	名	出境大廳
なつやすみ	夏休み	名	暑假
やすみ	休み	名	休假
いちど	一度	名	一次、一回
こと	事	名	事情
なんにち	何日	疑	哪一天
たぶん	多分	副	大概、或許
だれ	誰	疑	誰
たいぺい	台北	名	台北
おすすめ	お薦め	名	推薦
スポット	spot	名	景點
しりんよいち	士林夜市	名	士林夜市
ほくとうおんせん	北投温泉	名	北投溫泉
たんすい	淡水	名	淡水
だいにんき	大人気	名	高聲望、大受歡迎
さいきん	最近	名	最近
どうぶつえん	動物園	名	動物園
パンダ	panda	名	大貓熊

あかちゃん	赤ちゃん	名	寶寶、嬰兒
オッケー	O.K.	感	好、沒問題
ぜひ	是非	副	務必、一定
きいるん（キールン）	基隆	名	基隆
とうえん（タオユエン）	桃園	名	桃園
しんちく（シンズー）	新竹	名	新竹
びょうりつ（ミャオリー）	苗栗	名	苗栗
なんとう（ナントウ）	南投	名	南投
たいちゅう（タイチュウ）	台中	名	台中
しょうか（ザンホア）	彰化	名	彰化
うんりん（ユンリン）	雲林	名	雲林
かぎ（ジャーイー）	嘉義	名	嘉義
たいなん（タイナン）	台南	名	台南
たかお（ガオション）	高雄	名	高雄
へいとう（ピンドン）	屏東	名	屏東
ぎらん（イーラン）	宜蘭	名	宜蘭
かれん（ホアリェン）	花蓮	名	花蓮
たいとう（タイトン）	台東	名	台東
びじゅつかん	美術館	名	美術館
えいがかん	映画館	名	電影院
としょかん	図書館	名	圖書館
どうりょう	同僚	名	同事
せんぱい	先輩	名	前輩、學長（姐）
ひとりで	一人で	名	一個人

グルメ	gourmet	名	美食
おおい	多い	形	多的
どんな			怎樣的、什麼樣的
えいかんがい	永康街	名	永康街
ぎゅうにくにこみめん	牛肉煮込み麺	名	牛肉麵
むしぎょうざ	蒸し餃子	名	蒸餃
シューマイ	焼売	名	燒賣
ショーロンポー	小籠包	名	小籠包
ききます	聞きます	動	聽到、聽
あいぎょくゼリー	愛玉 jelly	名	愛玉凍
じ	字	名	字
かきます	書きます	動	寫
あい	愛	名	愛
たま	玉	名	球、珠
プルプル		擬態	有彈性的小小抖動
ぜったい	絶対	副	絕對、百分之百地
ほんや	本屋	名	書店
よいち	夜市	名	夜市
エアポートバス	airport bus	名	機場巴士
あしつぼマッサージ	足つぼマッサージ	名	腳底按摩

🍪 會話一 📀 9-1

空港出発ロビー
（くうこうしゅっぱつ）

黄：山田さん、夏休みはどこへ行きますか？
（こう）（やまだ）（なつやす）

山田：そうですね、台湾へ行きます。
（やまだ）（たいわん）

林：ええ、本当ですか。何日に台湾へ来ますか？
（りん）（ほんとう）（なんにち）（たいわん）（き）

山田：多分、8月4日から15日までです。
（やまだ）（たぶん）

黄：誰と来ますか？
（こう）（だれ）（き）

山田：家族と行きます。台北にお薦めのスポットはありますか？
（やまだ）（かぞく）（い）（たいぺい）（すす）

黄：そうですね、Taipei 101 や、士林夜市や、北投温泉や、
（こう）（しりんよいち）（ほくとうおんせん）

淡水が大人気ですね。あー、最近台北動物園にパンダの
（たんすい）（だいにんき）（さいきんたいぺいどうぶつえん）

赤ちゃんはいます。とてもかわいいですよ。
（あか）

山田：何で行きますか？
（やまだ）（なん）（い）

黄：MRT で行きます、それは便利ですよ。
（こう）（い）（べんり）

🐞 會話一

機場出境大廳

黃：_____

山田：_____

林：_____

山田：_____

黃：_____

山田：_____

黃：_____

林：_____

黃：_____

**池畑さん
悄悄話**

在會話一裡，有兩個跟「前往某地」有關的動詞：「来ます」「行きます」，這裡要特別說明。

照字義解釋，「来ます」是「來」，往自己所在的方向前進；「行きます」是「去」，往目的地前去。不過，若是要邀請對方到自己家鄉（或家裡、地盤），不管你現在人是否在家鄉（像會話一的情境就是台灣人在日本），都要使用「来ます」，而不是「行きます」。其實就跟中文一樣，我們會跟對方說：「歡迎來台灣！」，而不會說：「歡迎去台灣！」。

此外，山田說：「一度も行った事がありません。」，這句的「去」使用過去式＊的「行った」，「ありません」是否定表現，「も＋否定表現」表示全部否定。這裡的語法相當於英文的「have never gone」，表示從過去到現在從未去過。

178

🦉 超好用句型

❶	Q：＿＿＿＿＿へ行き（来）ますか？ A：はい、行き（来）ます。／ 　　　いいえ、行き（来）ません。	Q：（你要）去（來）地點嗎？ A：是，要去（來）。／不，不要去（來）。
A	＊「へ」是表示前往的場所、「に」是前往的目的。例如：台北へ旅行に行きます。（去台北旅行）に前要用動詞ます形去ます。 ＊動詞詞幹＋ます→表示肯定／動詞詞幹＋ません→表示否定。 請試著在空格內填入以下地點，例如：台北 Q：台北へ行き（来）ますか。 A：はい、行き（来）ます。／いいえ、行き（来）ません。 基隆　桃園　新竹　苗栗　南投　台中　彰化	

❷	Q：（你要）去哪裡（做什麼）？ A：要去＿＿＿地點＿＿＿。	A：＿＿＿＿へ行きます。
A	請試著在空格內填入以下地點，例如：台北 Q：どこへ行きますか。 A：台北へ行きます。 雲林　嘉義　台南　高雄　屏東　宜蘭　花蓮　台東	

❸	Q：いつ（何日に）　ⓐ　へ来（行き）ますか？ A1：　ⓑ　行きます。 A2：　ⓒ　に来（行き）ます。	何時（哪天）來（去）　ⓐ　？ 　ⓑ　去。 　ⓒ　來（去）。
A	請試著在空格內填入以下組合，例如：ⓐ美術館／ⓑ今日／ⓒ4日 Q：いつ（何日に）美術館へ来（帰り）ますか？ A1：今日行きます。 A2：4日に来（帰り）ます。 ⓐ学校／ⓑ来月／ⓒ20日　　　ⓐ銀行／ⓑ明日／ⓒ9時 ⓐコンビニ／ⓑ後で／ⓒ9日　　　ⓐ公園／ⓑ来週／ⓒ15日	

🦉 超好用句型

❶	Q：誰（だれ）と ⓐ（地點） へ 行き（来）ますか？ A： ⓑ（人） と行き（来）ます。	Q：跟誰去（來） ⓐ（地點） ？ A：跟 ⓑ（人） 去（來）。
A	請試著在空格內填入以下組合，例如：ⓐ学校（がっこう）／ⓑ友達（ともだち） Q：誰（だれ）と学校（がっこう）へ行（い）きますか？ A：友達（ともだち）と行（い）きます。 ⓐ映画館（えいがかん）／ⓑ彼女（かのじょ）　　ⓐ大阪（おおさか）／ⓑ同僚（どうりょう）　　ⓐデパート／ⓑ彼氏（かれし） ⓐ公園（こうえん）／ⓑ家族（かぞく）／　　ⓐコンビニ／ⓑ先輩（せんぱい）　　ⓐ図書館（としょかん）／ⓑ一人（ひとり）で ＊「一人（ひとり）で行（い）きます。」→「自己一個人去」的意思。

> **池畑さん
悄悄話**

在回答何時的時候，前面有數字的時間名詞（具體的時間），後面一定要加上「に」，
像是「～時、～分、～月、～日、～年」；不包含數字的時間名詞（不明確的時間），
像是「今（いま）、今日（きょう）、昨日（きのう）、先週（せんしゅう）……」等等，後面就不需要加上「に」。
星期幾的「～曜日（ようび）」可以加「に」，也可以不加。
簡單分類方法：

　　　今日、明日、 週、 月……不包含數字的時間名詞→不需要加「に」

　　　10 時、4 日、9 日、2014 年……包含數字的時間名詞→需要加「に」

會話二 🎧 9-2

山田：台湾は美味しい物が多いと聞きます。

黄：そうそう、屋台からレストランまで、

　　安くて美味しい物が多いですね。どんな食べ物が好きですか？

山田：ええと、小吃と台湾の麺は何かお薦めはありますか？

黄：じゃ、永康街へ行きましょう。牛肉煮込み麺、蒸し餃子、焼売、

　　小籠包がありますよ。

山田：小籠包は有名ですね。

黄：小籠包を食べる時に、熱い肉汁が出てきますから、

　　やけどしないよう気をつけてくださいね。

山田：あー、おいしそう。

黄：まだほかにお薦めの食べ物があります。それは愛玉ゼリーです。

山田：愛玉ゼリー？

黄：愛玉ゼリーはプルプルしてて、見ているだけでもさわやかな感じ

　　がしてきますね。是非食べてくださいね。

機場出境大廳

山田：_____

黃：_____

山田：_____

黃：_____

山田：_____

黃：_____

山田：_____

黃：_____

山田：_____

黃：_____

池畑さん
悄悄話

　「永康街へ行きましょう」是行きます的變化，行きます＝行きましょう，ます形（除去ます）＋しょう有邀約、提議或是自言自語的感嘆（通常用常體表示，語尾並搭配～かな等感嘆詞）的意思。這句是用作提議，翻譯成中文的語感是：「那就去永康街吧！」。

🦉 超好用句型

❺	お薦めの＿＿＿＿＿はありますか？	有推薦的（非生物）嗎？
A	請試著在空格內填入以下名詞，例如：デザート お薦めのデザートはありますか。 食べ物　夜景　レストラン　台湾料理　居酒屋　屋台 本屋　足つぼマッサージ　エアポートバス　B級グルメ（ぐるめ）　お土産	

> **池畑さん悄悄話**

在上一課裡，我們有提到「擬態、擬聲語」，也介紹了一些跟心情有關的擬態語。其實關於食物，也有一些好用的「擬態語」，例如「會話二」裡介紹愛玉凍「プルプル」，是不是活靈活現的表現出愛玉在嘴裡滑Q的食感呢？下面就介紹一些常用的食物「擬態語」：

こんがり→食物烤到金黃色

かりかり→酥脆

ほくほく→鬆軟

ふわふわ→柔軟、蓬鬆

🍎 自我小測驗

一、請聽ＣＤ寫下正確答案 🌧 MP3 9-3

Q：どこへ行きますか？

1. A：_____へ行きます。

2. A：_____へ行きます。

3. A：_____へ行きます。

4. A：_____へ行きます。

5. A：_____へ行きます。

二、請聽ＣＤ寫下正確答案 🌧 MP3 9-4

1. Q：いつ美術館へ来ますか？

　A：_____行きます。

2. Q：いつ銀行へ来ますか？

　A：_____行きます。

3. Q：いつ学校へ来ますか？

　A：_____行きます。

4. Q：いつコンビニへ来ますか？

　A：_____行きます。

5. Q：いつ台北へ来ますか？

　A：_____行きます。

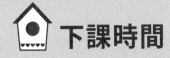 **下課時間**

啊～最後這一課要「介紹台灣」，實在非常難以下筆，原因是台灣可以介紹的好物實在太多了，並非三言兩語就可以講完。思考許久，最後的最後，kuma桑決定以害我身材嚴重走樣、萬劫不復的台灣美食來做結尾。

想當初，我因為迷戀《三國志》，所以興起了學習中文的念頭。為了留學，我曾去過中國大陸跟香港考察，但總覺得那裡的生活跟飲食不是那麼適合我，直到來到台灣……這裡的「美食跟人情味」實在是「太邪惡」了！鹹酥雞、珍珠奶茶，怎麼會這麼好吃！害我一吃成癮不說，體重還直線飆升。

當然，除了自己不忌口外，我覺得台灣高度好客的人情味，也是造成我身材變形的幫兇（藉口 :P）。在日本，如果有人請你吃東西，就一定要吃完才算有禮貌。但台灣據說恰好相反，得要留下一些食物才算有禮貌。

於是，在這種文化差異的情況下，形成了日本客人拚命吃，台灣主人拚命加菜（深怕客人吃不飽）的惡性循環，也造就了今日大家見到的我這副「熊樣」（目前正在努力健身中）。

但我就算討厭身材變形，也不會討厭台灣美食的！（前 AKB 成員前田敦子名言？）套句老話：「民以食為天」，我個人認為，若要跟外國朋友介紹台灣，美食絕對是最佳選擇，除了課文裡介紹的幾樣美食外，這裡也介紹一些平民美食的日語念法，方便大家使用：

臭豆腐（チョウドウフ）／豬血糕（ズーシュエガオ）／肉粽（ちまき）／春捲（はるまき）／潤餅（台湾の生春巻き）／茶葉蛋（ウーロン茶の味付けたまご）／胡椒餅（こしょうもち）／蘿蔔糕（大根もち）／蚵仔煎（カキ入りオムレツ）／太陽餅（たいようもち）／珍珠奶茶（タピオカ入りミルクティー）／芒果冰（マンゴーカキごおり）／草莓冰（イチゴカキごおり）／杏

185

仁豆腐（アンニンどうふ）／豆花（<ruby>豆腐<rt>とうふ</rt></ruby>プリン）

另外，還要特別介紹台灣的刨冰。不同於日本只淋色素糖漿的單薄刨冰，台灣的有許多配料可以選，大家可把下面的單字記起來，下次就可以跟日本朋友介紹喔！

紅豆（あずき）／粉圓（ブラックタピオカ）／芋圓（タロイモだんご）／地瓜圓（サツマイモだんご）／木耳（きくらげ）／蓮子（はすのみ）／仙草凍（せんそうゼリー）

第十課・必用金句80選

日常招呼 MP3 10-1

おはようございます。　　早安

こんにちは。　　你好（午）

こんばんは。　　你好（晩）

お休みなさい。　　晩安

お疲れ様です。　　您辛苦了

お久しぶりです。　　好久不見

お待たせしました。　　讓你久等了

お元気ですか。　　你好嗎？

お邪魔します。　　打擾了

失礼します。　　打擾了、我告辭了

また会いましょう。　　下次再見吧！

お気を付けて。　　請慢走

ただいま。　　我回來了

お帰りなさい。　　你回來了

いただきます。　　我開動了（用餐前）

ご馳走様です。　　謝謝招待（用餐後）

自我介紹 🎵 MP3 10-2

はじめまして。　　　初次見面

_____と申します。／ _____です。　　　我姓____

これからお世話になります。　　　往後要受您照顧了

（どうぞ）よろしくお願いします。　　　（請）您多多指教

こちらこそ、（どうぞ）よろしくお願いします。彼此彼此，（請）您多多指教

道歉 🎵 MP3 10-3

大変申し訳ございません。

申し訳ありません。

失礼します。

すみません。

ごめんなさい。

ごめん。

表示贊同 🎵 MP3 10-4

はい。　　　是 / 好 / 對

そうですね。　　　說的也是

そうですよ。　　　對呀

なるほど。　　　原來如此

もちろんです。　　　當然

良^よかったですね。　　太好了

いいですね。　　不錯喔

いいですよ。　　好啊

いいと思^{おも}います。　　我覺得很好

分^わかりました。　　我知道了

任^{まか}せてください。　　就交給我吧

表示否定　MP3 10-5

いいえ。　　不是 / 不對

違^{ちが}います。　　不是

微妙^{びみょう}ですね。　　這要怎麼說 / 這很難說

無理^{むり}ですね。　　不可能的

厳^{きび}しいですね。　　這很困難

難^{むずか}しいですね。　　這很為難

（私<ruby>私<rt>わたし</rt></ruby>は）＿＿＿ です。 我姓＿＿＿（姓氏）。／我是＿＿＿（職業）。

<ruby>私<rt>わたし</rt></ruby>は ＿＿＿ じゃありませんよ。／ではありません。 我不是＿＿＿。

Q：＿＿＿ は ＿＿＿ ですか？ ＿＿＿是＿＿＿？

A1：はい、＿＿＿ です。 是的，是＿＿＿。

A2：いいえ、＿＿＿ じゃありませんよ。／いいえ、＿＿＿ です。
　　　不是的，不是＿＿＿。／不是的，是＿＿＿。

　　　＿＿＿ も ＿＿＿ です。 ＿＿＿也是＿＿＿。

　　　＿＿＿ の ＿＿＿ は ＿＿＿ です。 ＿＿＿的＿＿＿是＿＿＿。

Q：すみません、＿＿＿ はどこ（どちら）ですか？ 不好意思，請問＿＿＿在哪裡？

A：（ここ／そこ／あそこ）です。 這裡／那裡／那裡（更遠）就是。

Q：この ＿＿＿ はどこのですか？ 這個（物品）是哪裡生產／製造的？

A：＿＿＿ のです。 是（哪裡）生產／製造的。

A：この ＿＿＿ は ＿＿＿ <ruby>製<rt>せい</rt></ruby>です。 （物品）是（哪裡）生產／製造的。

　　　＿＿＿ か ＿＿＿ どちらで ＿＿＿ ですか。
　　　＿＿＿（名詞）＿＿＿跟＿＿＿（名詞）＿＿＿，哪一個＿＿＿（動詞ます）＿＿＿。

Q： _____ と _____ と、どちらが _____（形容詞）_____ ですか？

　　___和___，哪一個___（形容詞）___？

A： _____ の方が _____（形容詞）_____ です。 ___比較（形容詞）。

　　_____ があります。 有___（非生物）___。

　　_____ がいます。 有___（生物）___ / ___（生物）__ 在。

Q： _____ はいくらですか？ ___多少錢？

A： _____ 円です。 ___日圓。

　　_____ をお願いします。 請給（幫）我___。

　　_____ をください。 請給我___。

　　_____ を_____ **数量＋量詞**_____ ください。

　　請給我____個（瓶、本、件）____。

Q： _____ は_____ が好きですか？ ___喜歡___嗎？

A： _____ は_____ が好きです。

　　_____ は_____ が嫌いです。

　　___喜歡___ / ___討厭___

　　_____ は_____ より（形容詞）です。 ___ 比 ___，（形容詞）。

　　_____ より、_____ が_____ です。

　　跟___比起來，___比較___。

Q：_____ で何が一番 _____（形容詞）_____ ですか？在___裡，什麼最___？

A：_____ が一番 _____（形容詞）_____ です。___最___。

_____（名詞）_____ は _____（形容詞）_____ そうです。

（名詞）好像 / 似乎（形容詞）。

（形容詞）_____ そう。好像 / 似乎（形容詞）。

_____ が食べたいです。我想吃_____。

_____ 地點 _____ から _____ 動詞 _____ で _____ 時間 _____

ぐらいのところなんだ。

從（地點）出發，用（走、搭車、開車等動詞），大約時間 會到。

Q：何時に行 (い) けばいいですか？什麼時候到比較好？

A：_____ 頃来てくれる。___時候來就可以了。

Q：_____ はいつですか？_____ 是什麼時候？

A：_____ です。是___月___日。

Q：_____ は何人いますか？___有幾個人？

A1：_____ 人います / いません。有___人。

A2：_____ が _____ 人、_____ が _____ 人います。

___有___人，___有___人。

Q：_____はおいくつですか？ ___幾歲？

A：_____は_____です。 ___（現在）___歲。

Q：（地點）へ行^いきますか？（你要）去（地點）嗎？

A：はい、行^いきます。 ／ いいえ、行^いきません。

　　是，要去（來）。 / 不，不要去（來）。

Q：どこへ行^いきますか？（你要）去哪裡？

A：（地點）へ行^いきます。要去（地點）。

Q：いつ（何日^{なんにち}に）＿（地點）＿へ行^いきますか？

　　何時（哪天）來（去）＿＿（地點）＿＿？

A1：（無數字的時間）行^いきます。（無數字的時間）去。

A2：（有數字的時間）に行^いきます。（有數字的時間）來（去）。

Q：誰^{だれ}と（地點）へ行^いきますか？跟誰去（來）（地點）？

A：（人）と行^いきます。跟（人）去（來）。

Q：お薦^{すす}めの （非生物） はありますか？ 有推薦的 ＿(非生物)＿ 嗎？

動詞變化

動詞敬體 (～ます) 時態變化

現在肯定式	過去肯定式	現在否定式	過去否定式
～ます 行きます 聞きます	～ました 行きました 聞きました	～ません 行きません 見ません	～ませんでした 行きませんでした 見ませんでした

動詞常體時態變化

現在肯定式	過去肯定式	現在否定式	過去否定式
辭書形 聞く	た形 聞いた	ない形 見ない	なかった形 見なかった

動詞分類與變化

類別	第一類動詞			
分類 規則	動詞詞幹最後一個音含「i」			
ます形	買います　待ちます　分かります			
辭書形	動詞詞幹最後一個音，改為同行「u」段音 買います→買う　待ちます→待つ 帰ります→帰る　遊びます→遊ぶ			
て形	い、ち、り刪除＋ って 買います→買って 待ちます→待って 帰ります→帰って	き刪除＋いて 書きます→書いて ぎ刪除＋いで 急ぎます→急いで	み、に、び刪除＋ んで 読みます→読んで 死にます→死んで 遊びます→遊んで	し保留＋て 話します→話して
た形	い、ち、り刪除＋ った 買います→買った 待ちます→待った 帰ります→帰った	き刪除＋いた 書きます→書いた ぎ刪除＋いだ 急ぎます→急いだ	み、に、び刪除＋ んだ 読みます→読んだ 死にます→死んだ 遊びます→遊んだ	し保留＋た 話します→話した
ない形	動詞詞幹最後一個音，改為同行「a」段音 買います→買わない　待ちます→待たない 帰ります→帰らない　遊びます→遊ばない ＊い要改成わ			

類別	第一類動詞
使役形	動詞詞幹最後一個音，改為同行「a」段音＋せる 買います→買わせる　　待ちます→待たせる 帰ります→帰らせる　　遊びます→遊ばせる ＊い要改成わ
可能形	動詞詞幹最後一個音，改為同行「e」段音＋る 買います→買える　　待ちます→待てる 帰ります→帰れる　　遊びます→遊べる
意向形	動詞詞幹最後一個音，改為同行「o」段音＋う 買います→買おう　　待ちます→待とう 帰ります→帰ろう　　遊びます→遊ぼう

動詞分類與變化

類別	第二類動詞	
分類規則	動詞詞幹最後一個音含「e」	少數最後一個音「i」例外
ます形	寝ます　　食べます　　教えます	います　　着ます　　見ます 浴びます　起きます　降ります 借ります　できます
辭書形	ます刪除＋る 食べます→食べる　　教えます→教える 見ます→見る　　できます→できる	
て形	ます刪除＋て 食べます→食べて　　教えます→教えて 見ます→見て　　できます→できて	
た形	ます刪除＋た 食べます→食べた　　教えます→教えた 見ます→見た　　できます→できた	
ない形	ます刪除＋ない 食べます→食べない　　教えます→教えない 見ます→見ない　　できます→できない	
使役形	ます刪除＋させる 食べます→食べさせる　教えます→教えさせる 見ます→見させる　　できます→できさせる	
可能形	ます刪除＋られる 食べます→食べられる　教えます→教えられる 見ます→見られる　　できます→できられる	
意向形	ます刪除＋よう 食べます→食べよう　　教えます→教えよう 見ます→見よう　　できます→できよう	

類別	第三類動詞	
分類 規則	漢語名詞＋します 外來語＋します	
ます形	勉強します 食事します	します 来ます
辭書形	します→する 勉強します→勉強する 食事します→食事する	します→しる 来ます→来る
て形	します→して 勉強します→勉強して 食事します→食事して	します→して 来ます→来て
た形	します→した 勉強します→勉強した 食事します→食事した	します→した 来ます→来た
ない形	します→しない 勉強します→勉強しない 食事します→食事しない	します→しない 来ます→来ない
使役形	します→させる 勉強します→勉強させる 食事します→食事させる	します→させる 来ます→来させる
可能形	します→できる 勉強します→勉強できる 食事します→食事できる	します→できる 来ます→来られる
意向形	します→しよう 勉強します→勉強しよう 食事します→食事しよう	します→しよう 来ます→来よう

て形：動詞的連接形，於一個句子裡有兩個動詞時使用。可同時用於敬體跟普體，無需在意時態。

可能形：表示「能夠」、「會」的意思。

意向形：表示邀約的口氣，或是自身的意志展示，類似中文的「吧！」

使役形：使對方做某事、讓對方做某事、同意對方做某事

解 答 篇

第一課

會話一

林：初次見面，我姓林，是學生，請多指教。這位是我的學妹，姓黃。

黃：初次見面，我姓黃，請您多多指教。

山田：我是山田，也是學生。哪裡哪裡，也請多多指教。

林：今後還請多關照。請多指教。

黃：請多指教。

山田：彼此彼此，請多指教。

會話二

山田：黃同學的手機是幾號呢？

黃：0811-367-567，Line 也一樣。山田同學呢？

山田：0828-478-901。有 E-mail 嗎？

黃：有的，huang0123@jmail.com。

山田：huang0123@jmail.com 對吧？謝謝。

黃：哪裡。

自我測驗 2

劉さんは（会社員）です。

李さんは（銀行員）です。

黃さんは（学生）です。

鈴木は（先生）です。

佐藤は（医者）です。

自我測驗 3

2579-6600

kumasan@wahoo.com.tw

0800-000-123

boku@aho.com

watashi@kawaii.co.jp

第二課

會話一

黃：不好意思。

女人：嗯？

黃：那個……請問往淺草方向的月台在哪裡呢？

女人：這裡就是喔！

黃：那麼，請問東京晴空塔站是第幾站呢？

女人：第七站。

黃：這樣呀～非常感謝您。

女人：沒什麼，別客氣。

會話二

山田：妳現在在哪裡？

黃：嗯～池袋東口。

山田：啊，我也在附近。旁邊有什麼地標嗎？

黃：有一間西武百貨。還有一家藥妝店。喔，山田同學！

山田：啊，我看到妳了。黃同學～

第三課

會話一

店員：歡迎光臨！客人，請問想找什麼嗎？
（拿出單子）

黃：這個嘛……請問有這個 BB 霜嗎？

店員：有的，在這裡。

黃：這個多少錢呢？

店員：2700 元。

黃：咦～這價格有點太貴了，可以便宜一點嗎？

山田：黃同學，在東京是不能殺價的。
（轉向店員）不好意思喔。

店員：沒關係，不要緊的。

黃：對不起。那麼，請給我兩條。

店員：非常感謝您。

黃：不好意思，請問這件毛衣是哪裡製造的呢？

店員：這是日本製的。

黃：請問M號的還有別種顏色嗎？

店員：有的，有藍色、紅色跟白色。

黃：請問可以試穿嗎？

店員：可以的，試衣間在這邊。

　　　（試穿後）

黃：怎樣？山田同學覺得適合嗎？

山田：嗯，很可愛。

自我測驗 1

それは（ d ）円です。

あれは（ i ）円です。

これは（ c ）円です。

あれは（ e ）円です。

それは（ g ）円です。

自我測驗 2

雑誌を（一冊）ください。

鉛筆を（二本）ください。

みかんを（三つ）ください。

Tシャツを（四枚）ください。

東京バナナを（五箱）ください。

自我測驗 3

A：それは（くつ）です。

A：このかばんは（中国）製です。

A：（台湾）のです。

第四課

會話一

店員：歡迎光臨！請問幾位呢？

山田：三位。我姓山田，有預約。

店員：山田先生……有的，請跟我來。

　　　＊＊＊

林：（看著菜單）哇～看起來好好吃喔！

黃：就是啊，每一道看起來都很棒。山田同學是第一次來這間餐廳嗎？

山田：不是，第二次了。這裡的義大利麵和披薩都很讚喔。

林：那麼，我要點和風義大利麵。

黃：嗯，我要拿坡里披薩。

山田：那我也點拿坡里披薩好了。不好意思，麻煩點餐。

會話二

山田：我要結帳。

店員：非常感謝光臨，總共是 8400 元。請問要用現金還是信用卡支付呢？

山田：信用卡。

黃：不好意思，我們要分開結帳……

山田：沒關係的，今天就讓我請客吧！

黃：咦？真是不好意思，讓你破費了，實在非常感謝。

林：感謝你今天招待！

山田：這沒什麼啦！

自我測驗 2

A：（カード）でお願いします。

A：（フォーク）でお願いします。

A：（ウーロン茶）をお願いします。

A：（野菜ジュース）をお願いします。

第五課

會話一

山田：今天晚飯想吃什麼呢？

黃：嗯……我想吃好吃的東西。

山田：哈哈哈，這樣呀～那我帶你們去一家在地人氣很高的、非常好吃的店吧！

林：哇～好期待喔！

　　　＊＊＊

店員：歡迎光臨，請先購買餐券。

山田：好的。黃同學、林同學，你們有喜歡或討

厭的食物嗎？

黃：這個嘛……我不吃牛肉。

林：我不敢吃生魚片。

山田：這樣呀……那麼，豬排蓋飯跟親子蓋飯，你們喜歡哪一種呢？

黃：我喜歡親子蓋飯，在台灣也常常吃親子蓋飯呢！

山田：喔？真教人意外呀！林同學也喜歡蓋飯嗎？

黃：喜歡啊，天婦羅蓋飯和親子蓋飯我都很喜歡。

會話二

店員：歡迎光臨，請問在內用嗎？

山田：不，我要外帶。我要兩塊草莓蛋糕。黃同學妳呢？

黃：嗯，我要布丁跟泡芙。

店員：這樣就好了嗎？

林：另外，我還要加點一個泡芙。

店員：我重複一次訂單，總共是兩塊草莓蛋糕、一個布丁還有兩個泡芙。

山田：沒錯！

店員：我知道了，請稍待片刻。

自我測驗 1

（オムライス）が食べたいです。

（パンケーキ）が食べたいです。

（コロッケ）が食べたいです。

A：（宿題）の方が嫌いです。

A：（バス）の方が便利です。

A：（みかん）の方が安いです。

自我測驗 2

ラーメンを　一つ　ください。

コーヒーを　二つ　ください。

お茶を　三つ　ください。

ジュースを　四つ　ください。

茶碗蒸しを　五つ　ください。

玄米茶を　六つ　ください。

アップルパイを　七つ　ください。

いちごケーキを　八つ　ください。

抹茶を　九つ　ください。

どら焼きを　十　ください。

第六課

會話一

山田：我媽媽想招待你們嚐嚐日本的家庭料理，不知道明天方不方便到我家來吃個飯？

黃：真的嗎！我當然要去！

山田：林同學也願意來嗎？

林：唉～不好意思，我明天跟朋友約好了……很抱歉。

山田：是嗎？真可惜，下次再約你。

黃：我幾點過去比較方便呢？

山田：約 5 點半左右好嗎？從御茶水站走路到我家大約 15 分鐘，我會到車站接你。

黃：那我幾點到比較好呢？

山田：差不多 5 點半左右到就可以。

黃：好的，我非常期待！

會話二

山田：我回來了！

山田媽媽：你回來啦！

黃：晚安，打擾了。

山田媽媽：晚安，快請進。

黃：這個是……台灣的鳳梨酥，不知道合不合您胃口，不嫌棄的話請嚐嚐。

山田媽媽：啊！謝謝妳。方便現在打開嗎？

黃：是的，請！

山田媽媽：哇～看起來好好吃喔！感謝妳這麼費心！

黃：哪裡哪裡。

自我測驗 1

朝 10 時に

昼 12 時 30 分に

午後 3 時 45 分に

よなか じごろ
夜中の 2 時頃
ゆうがた じごろ
夕方の 6 時頃
あ がた じごろ
明け方の 3 時頃

自我測驗 2

りょこう おもしろ
旅行は 面白そうです。
つめ
コーヒーは 冷たそうです。
しゅくだい かんたん
宿 題は 簡単そうです。
あま
いちごは 甘そうです。
ふる
エレベーターは 古そうです。

第七課

會話一

山田媽媽：妳家裡有幾個人呢？

黃：家裡共六個人，包括爸媽、一個哥哥還有兩
個妹妹。

山田媽媽：兄弟姐妹也都是學生嗎？

黃：不是的。大妹是護士，二妹跟哥哥都是上班
族，現在跟爸爸一起從事電腦相關的工作。

山田媽媽：那很厲害呀～

黃：沒有啦！

山田媽媽：媽媽也是主婦嗎？

黃：是的，但是跟伯母比起來，廚藝還差得遠了。

山田媽媽：呵呵呵，妳太過獎了。

會話二

黃：山田同學的姊姊結婚了嗎？

山田：是的，已經結婚了。

黃：有小孩嗎？

山田：有的，有一個女兒、一個兒子，都非常可愛。

黃：女兒和兒子多大了呢？

山田：外甥女五歲，外甥三歲，兩個人都非常喜
歡動物。

黃：什麼動物呢？

山田：外甥女喜歡貓，外甥喜歡昆蟲。

黃：嗯……昆蟲不是動物耶。我討厭昆蟲。

自我測驗 1

A： 8人 います。
A： 2人 います。
A： 10人 います。
A： 4人 います。
A： 4人 います。

自我測驗 2

りょうり じょうず
1.おばさんより、料理が 上手 です。
あに えいご へた
2.兄より、英語が 下手 です。
おとうと にが て
3.弟より、コンピューターが 苦手 です。
かあ おど とくい
4.お母さん、踊りが 得意 です。
とう つ じょうず
5.お父さん、釣りが 上手 です。

自我測驗 3

むすめ ねこ す
1.娘は猫が _好き です。
いもうと おんがく きら
2.妹 は音楽が _嫌い です。
おとうと さくぶん きら
3.弟は作文が _嫌い です。
めい こ ひこうき す
4.姪っ子は飛行機が _好き です。
むすこ にほんりょうりねこ す
5.息子は日本料理猫が _好き です。

第八課

會話一

黃：咦？這個粗壽司捲好特別喔！

山田：啊～那是惠方卷，是來自大阪的節分料理，
代表把福氣捲起來跟結良緣的意思。以前
只是大阪一帶的習俗，現在已經在全國都
有賣了。

黃：這是我第一次聽到。節分的習俗不是應該把
煎過的豆子往外灑，然後邊喊著「鬼在外，
福在內」，然後吃下比自己年紀多一顆的豆
子嗎？

山田：沒錯！傳統習俗是那樣的。不過，黃同學
好厲害，知道得很多呢！

黃：沒有啦！畢竟節分是 2 月最重要的祭典。

山田：（小聲）呃，其實 2 月最重要的祭典應該

　　是情人節。

黃：嗯？你說什麼？

山田：啊！沒事沒事。

會話二

黃：山田同學，那個，一直以來承蒙你照顧了，非常感謝。

山田：咦咦！這……這該不會是巧……巧克力吧？

黃：是的，這是草莓巧克力。啊！當然是友情巧克力。

山田：哈哈哈！我……我想也是。

黃：山田同學討厭巧克力嗎？

山田：不不！巧克力甜中帶苦，這種濃厚的味道我最喜歡了。

黃：那真是太好了。

自我測驗 1

A：8 月 17 日です。

A：12 月 30 日です。

A：3 月 3 日です。

A：2 月 3 日です。

A：2 月 14 日です。

第九課

會話一

黃：山田同學，暑假有打算去哪裡嗎？

山田：這個嘛，我要去台灣。

黃：咦？真的嗎？哪天到台灣來呢？

山田：大概是 8 月 4 日到 15 日。

黃：有誰跟你同行嗎？

山田：我們全家一起去。台灣有什麼推薦的景點嗎？

黃：這個嘛～台北 101、士林夜市、北投溫泉還有淡水等地，都非常受歡迎。啊！最近台北動物園有大貓熊寶寶，非常可愛喔！

山田：那這些景點要怎麼去呢？

黃：搭台北捷運就好了呀！那很方便的。

會話二

山田：我聽說台灣有很多美食。

黃：沒錯沒錯！從攤販到餐廳，便宜又好吃的食物非常多，你喜歡哪類食物呢？

山田：這個嘛～有推薦的小吃跟台灣麵食嗎？

黃：那你應該去永康街喔，牛肉麵、蒸餃、燒賣、雞爪、小籠包那邊都有。

山田：小籠包很有名呢！

黃：吃小籠包的時候，會有熱湯流出來，請千萬小心。

山田：啊～好好吃的樣子。

黃：還有一項推薦的食物，就是愛玉凍。

山田：愛玉凍？

黃：愛玉凍Q滑Q滑的，看起來就很清爽，請一定要試試。

自我測驗 1

A：空港（くうこう）へ行きます。

A：図書館（としょかん）へ行きます。

A：郵便局（ゆうびんきょく）へ行きます。

A：交番（こうばん）へ行きます。

A：デパートへ行きます。

自我測驗 2

A：あした行きます。

A：来週（らいしゅう）行きます。

A：水曜日（すいようび）行きます。

A：2 時間後（じかんご）に行きます。

A：来月（らいげつ）行きます。

The Eurasian Publishing Group 圓神出版事業機構　圓神出版社 Eurasian Press

http://www.booklife.com.tw

inquiries@mail.eurasian.com.tw

圓神文叢 165

超有戲！kuma桑教你7天開口說道地日語

作　　者／池畑裕介

繪　　者／Pirdou

發 行 人／簡志忠

出 版 者／圓神出版社有限公司

地　　址／台北市南京東路四段50號6樓之1

電　　話／（02）2579-6600 · 2579-8800 · 2570-3939

傳　　真／（02）2579-0338 · 2577-3220 · 2570-3636

郵撥帳號／ 18598712　圓神出版社有限公司

總 編 輯／陳秋月

主　　編／林慈敏

責任編輯／林平惠

專案企劃／吳靜怡

美術編輯／金益健

行銷企畫／吳幸芳 · 荊晟庭

印務統籌／林永潔

監　　印／高榮祥

校　　對／連秋香 · 林平惠

排　　版／陳采淇

經 銷 商／叩應有限公司

法律顧問／圓神出版事業機構法律顧問　蕭雄淋律師

印　　刷／祥峰印刷廠

2014年7月　初版

定價 330 元　　　　　ISBN 978-986-133-504-9

每一本書，都是有靈魂的。

這個靈魂，不但是作者的靈魂，

也是曾經讀過這本書，與它一起生活、一起夢想的人留下來的靈魂。

——《風之影》

想擁有圓神、方智、先覺、究竟、如何、寂寞的閱讀魔力：

◻ 請至鄰近各大書店洽詢選購。

◻ 圓神書活網，24小時訂購服務

　免費加入會員‧享有優惠折扣：www.booklife.com.tw

◻ 郵政劃撥訂購：

　服務專線：02-25798800 讀者服務部

　郵撥帳號及戶名：18598712　圓神出版社有限公司

國家圖書館出版品預行編目資料

超有戲！kuma桑教你7天開口說道地日語 / 池畑裕介 著.
-- 初版.-- 臺北市：圓神，2014.07
208 面；17×23公分.--（圓神文叢；165）
ISBN 978-986-133-504-9（平裝）
1.日語 2.讀本

803.18　　　　　　　　　　　　　　　103009880